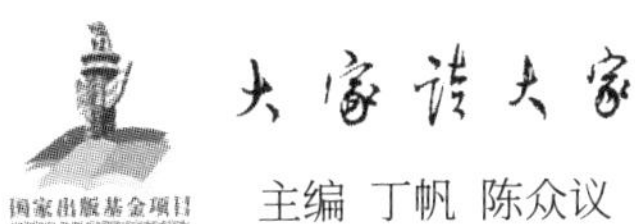

句子的手艺

程巍 著

作家出版社

图书在版编目(CIP)数据

句子的手艺 / 程巍著；丁帆，陈众议主编.
—北京：作家出版社，2020.4
(大家读大家丛书)
ISBN 978-7-5212-0720-0

Ⅰ.①句… Ⅱ.①程… ②丁… ③陈… Ⅲ.①外国文学-文学欣赏 Ⅳ.①I106

中国版本图书馆 CIP 数据核字(2019)第 208558 号

本书受“南京大学人文社科资助项目”资助。

句子的手艺

主　　编：丁　帆　陈众议
作　　者：程　巍
责任编辑：丁文梅
出 品 人：刘　力
策　　划：江苏明哲文化发展有限公司
特约编辑：倪　亮　叶　觅　张士超
出版发行：作家出版社有限公司
社　　址：北京农展馆南里 10 号　　**邮　　编**：100125
电话传真：86-10-65067186(发行中心及邮购部)
86-10-65004079(总编室)
E-mail:zuojia@zuojia.net.cn
http://www.zuojiachubanshe.com
印　　刷：河北鹏润印刷有限公司
成品尺寸：145×210
字　　数：130 千
印　　张：6.875
版　　次：2020 年 4 月第 1 版
印　　次：2020 年 4 月第 1 次印刷
ISBN 978-7-5212-0720-0
定　　价：42.00 元

大家来读书

世界文学之流浩荡，而我们却只能取其一瓢一勺。即便如此，攫取主流还是支流？浪花还是深水？用瓢还是用勺？诸如此类，又不是三言两语可以说得清道得明的。

本丛书由丁帆和王尧两位朋友发起，邀约了外国文学文化研究的十位代表性学者。这些学者对各自关心的经典作家作品进行富有个性的释读，以期为同行和读者提供可资参考的视角和方法、立场和观点。本人有幸忝列其中，自然感慨良多，在此不妨从实招来，择要交代一二。

首先，语言文学原本是人文的基础，犹如数理之于工科理科；然而，近二三十年来，文学的地位一落千丈。这固然有历史的原因，譬如资本的作用、市场的因素、微信的普及、人心的躁动，等等。曾经作为触角替思想解放、改革开放（在国外何尝不是这样？）探路的文学，其激荡的思想、碰撞的火花在时代洪流中逐渐暗淡，褪却了敏感和锐利，以至于“返老还童”为“稗官野史”“街谈巷议”，甚或哼哼唧唧和面壁虚设。伟大的文学似乎正在离我们远去。当然，这不能怪世道人心。文学本就是世道人心最重要的组成部分和表现方式；而且“人心很古”，这是鲁迅先生诸多重要判断中的一个，我认为非常精辟。再则，在任何时代，伟大的文学都是凤毛麟角。无论是文艺复兴运动时期或 19 世纪的西方，还是我国的唐宋元明清，大多数文学作品都会被历史的尘埃所湮没，唯有极少数得以幸免。而幸免于难的原因要归功于学院派（哪怕是广义学院派）的发现和守护，以便完成和持续其经典化过程。然而，随着大众媒体的衍生，尤其是多媒体时代的来临，学院派越来越无能为力。我这里之所以要强调语言文学，就是因为它正在被资本，甚至图像化和快餐化引向歧途。

其次，学术界的立场似乎也已悄然裂变。不少同仁开始有意无意地抛弃文学这个偏正结构的“大学之道”，既不明明德，也不亲民，更不用说止于至善。一定程度上，乃至很大范围内，批评成了毫无标准的自说自话、哗众取宠、谩骂撒泼。于是，伟大的传统——马克思主义被轻易忽略。曾几何时，马克思用他的伟大发现揭示了人类社会发展的基本规律，但是他老人家并不因为资本主义是其中的必然环节而放弃对它的批判。这就是立场。立场使然，马克思早在资本完成国家垄断和国际垄断之前，就已为大多数人而对它口诛笔伐。这正是马克思褒奖巴尔扎克和狄更斯等批判现实主义作家的重要因由。同时，从方法论的角度，恩格斯对欧洲工人作家展开了善意的批评，认为巴尔扎克式现实主义的胜利多少蕴涵着对世俗、时流的明确悖反。尽管巴尔扎克的立场是保守的，但恩格斯却从方法论的角度使他成了无产阶级的“同谋”。这便是文学的奇妙。方法有时也可以“改变”立场。这时，方法也便获得了一定的独立性。在致哈克奈斯的信中，恩格斯说：“我决不是责备您没有写出一部直截了当的社会主义的小说，一部像我们德国人所说的‘倾向小说’，来鼓吹作者的社会观点和政治观点。我的意思决不是这样。作者的见解愈隐蔽，对艺术作品来说就愈好。我所指的现实主义甚至可以违背作者的见解而表露出来。让我举一个例子。巴尔扎克，我认为他是比过去、现在和未来的一切左拉都要伟大得多的现实主义大师。”由是，恩格斯借马克思的“莎士比亚化”和“席勒式”之说来提醒工人作家。

再次，目前盛行的学术评价体系正欲使文学批评家成为“文本”至上的“纯粹”工匠。量化和所谓的核刊以某种标准化生产机制为导向，将批评引向千篇一律、千人一面的劳作。于是，一本正经的钻牛角尖和煞有介事的言不由衷，或者模块写作、理论套用，为做文章而做文章的现象充斥学苑。批评和创作分道扬镳，其中的作用和反作用形成恶性循环。尤其是在网络领域，批评的缺位使创作主体益发信马由缰、肆无忌惮。

说到这里，我想一个更大的恶性循环正在或已然出现，它便是读者的疏虞。文学本身的问题使读者渐行渐远。面对商家的吆喝，读者早已无所适从。于是，浅阅读盛行、微阅读成瘾。经典的边际被空前地模糊。我们这个发明了书的民族，终于使阅读成了一个问题。呜呼哀哉！这对谁有利呢？也许还是资本。

以上固然只是当今纷繁文学的一个面向，而且是本人的一孔之见，不能涵盖文学的复杂性；但文学作为资本附庸的狰狞面相已经凸现，我们不能闭目塞听，更不能自欺欺人。伟大的作家孤寥寂寞。快快向他们靠拢吧！从这里出发，从现在开始……

是为序。

陈众议

2018 年 7 月 25 日于北京

目　录

I　卡罗威的“盖茨比”

——低鸣的济慈的回声

故事叙事者卡罗威

《了不起的盖茨比》1925 年 4 月在纽约出版，评论界对之毁誉参半，且坊间忽有传闻，称女主人公黛西的形象塑造“明显剽窃了”女作家薇拉·凯瑟的小说《一个迷途的女人》（1923 年 9 月出版）中的玛丽安·弗里斯特。深为流言焦虑的菲茨杰拉德于是将这部小说最初的手稿片段（大致写于 1922 年 7 月至次年 7 月之间）寄给薇拉·凯瑟，以自证清白。他 4 月底就收到了薇拉·凯瑟的回信，信中称她酷爱《了不起的盖茨比》，同时证明自己并未从其中发现任何剽窃痕迹。

寄给薇拉·凯瑟的初稿片段有两页留存了下来，现藏于普林斯顿大学图书馆，其中出现了乔丹·旺斯和埃达两个女角色和卡罗威这个男角色，从他们身上可清晰分辨出后来正式出版的《了不起的盖茨比》中的乔丹·贝克、黛西和尼克·卡罗威，但在这些初稿片段中，卡罗威还不是故事叙事者，所拟的小说题目也不是“了不起的盖茨比”——初稿片段中根本就没有盖茨比这个人物，与之相仿的形象倒出现在菲茨杰拉德在创作这部小说的间歇所写的两个短篇小说中——而是“在灰堆与阔佬中间”。不过,《了不起的盖茨比》并非一气呵成之作,它经历了好几年的反复构思和不断修改,人物和情节多有调整和增删,而其间薇拉·凯瑟笔下的玛丽安·弗里斯特暗中影响了黛西形象的塑造,也并非没有可能,尽管这种“并非蓄意的相似”丝毫不会削弱《了不起的盖茨比》的艺术原创性。

菲茨杰拉德反复构思和不断修改的过程,也是卡罗威渐渐成为故事叙述者的过程。哈罗德·布鲁姆说“菲茨杰拉德的美学是济慈渴望的消极能力的个人修订版”,又称“盖茨比不能讲述他的梦,每当他试图描述他对黛西的一往情深时,他的话语都坍塌为俗套之词,尽管我们不怀疑他对黛西的爱的真实性,就像我们不怀疑气息奄奄的济慈对范尼·布劳恩的强烈渴念的无比真实性。把可怜的盖茨比的粗俗的浮华用词与济慈的讲究的栩栩如生文体等量齐观,可能让人觉得荒诞,但盖茨比的深处是一个济慈”,不过卡罗威而非盖茨比才是故事叙事者,所以布鲁姆又说“在卡罗威的失落的、具有浪漫主义盛期风格的音乐的后面是低鸣的济慈的回声”。这就像芭芭拉·霍希曼所说,“作为一种分离或保持距离的方式”,“尼克这个角色被菲茨杰拉德用来传达自己的声音”。

那么,“菲茨杰拉德自己的声音”或“尼克的声音”,到底是怎样一种声音?它与“济慈美学”或“消极能力”有何关系?其实,这种声音的特征恰恰是不发出自己的声音,或至少让自己的声音不那么肯定,以便让事物和人物呈现自己,而不是匆忙将它们强行纳入自己已有的知识范畴和道德评判标准。正如济慈在1817年12月21日的一封家信中谈到“消极能力”时所说，“所谓消极能力，即一种能处在不确定、神秘、疑问的状态的能力”。我们关于世界、自我和他人的知识和据此进行评判的标准可能并不像我们自以为是的那样全面和公正，世界、自我和他人的真相是隐匿着的、半真半假的、真假难辨的，因而是神秘的，犹如黛西、汤姆、乔丹、盖茨比以及其他那些在书中出现的人物，他们的对话和关于他们的传闻是不可靠的，以至卡罗威对自己的“视觉”比对“听觉”更多一点把握，认为最好从人们表现出来的“姿态”的连续性和一贯性来判断一个人。唐纳德·哥尔尼希特谈到济慈的创造性的核心特征时，说它是“一种与万事万物和芸芸众生发生同情的奇特的能力，这与他的有关真正的诗人不执着于自身的观念密不可分”。实际上，《了不起的盖茨比》一开篇就赋予了故事叙事者卡罗威这种“消极能力”：

我年纪尚轻、易受影响的时候，父亲教我一条为人处世之道，我一直未敢忘怀。

“每当你感到要去批评他人时，”他说，“切记，世上并不是每个人都拥有你的那些有利条件。”

他没再说什么。尽管我与父亲之间一向话不多，但总能心心相印。我明白他话里有话。结果，我就渐渐习惯于保留自己的评判，这一习惯使众多离奇古怪之人向我敞开

> 心扉，也使我成为许多纠缠不休的倾诉者的牺牲品。心理不正常的人总能立刻从一个正常人那里察觉到这种品性，并抓住不放，于是，在我上大学时，就被不公正地指责为政客，因为我秘密与闻一些他们所不熟悉的人物的痛史。大多数这类隐私并不是我主动去打听的——每当我从某种确凿无疑的迹象意识到自己又将面临一场秘密倾诉时，我总装出昏昏欲睡、心不在焉或极不耐烦的样子，这是因为年轻人的私密，至少就他们表达这类私密的用词来说，通常是剽窃来的，且多有明显的隐瞒。保留自己的判断意味着对人怀揣无穷的希望。正如父亲曾自命不凡地提醒的，也正如我自命不凡地重复的，人类生来就在待人接物的善意上分配不均——如果我忘了这一点，不能宽容待人，恐怕我在评判他人时就会因自己的先入之见而失之片面。

但卡罗威也可能将这种“保留自己的评判”的习性的形成部分归因于地理以及年龄的变化带来的一种迷惘的心理状态。他来自辽阔而寥寂的中西部的一个世家，“大战时”参军在欧洲打了几年仗，“享受着反攻的无穷乐趣，以至战争结束归来后感到百无聊赖。中西部不再是世界温暖的中心，倒似乎是宇宙的蛮荒边缘——于是，我决定到东部去学习债券生意”，这一年，他快三十岁了（面临着“三十岁生日的巨大冲击”），孑然一身，自以为此去就将与家乡永别。他当初在战场上享受着反攻的乐趣，但也目睹着昔日像大理石基座一样稳扎在西方人内心的西方文明——尤其是其道德观念和生活方式——化为废墟，而依然不紧不慢的寥寂的中西部就显得难以忍受了。“到东部去”，到纽约去，就是一头扎进陌生的令人兴奋的五光十色的生活漩涡中。但那个“中西部人”并没有在他内心死去，而是与新获得的“东部人”身份——“我不再孤独……授予了当地人的身份”——形成一种交叉的目光，似乎任何事物都在其中呈现出复杂的多面，是非对错的界限变得模糊难辨，这就使他不得不更加“保留自己的评判”。

“大私酒贩子”盖茨比

1922年春卡罗威到达纽约时，正是美国宪法修正案第十八条(即《禁酒令》，“禁止在合众国及其管辖下的一切领土内酿造、出售或运送致醉酒类，并且不准此种酒类输入或输出合众国及其管辖下的一切领土”)以及更严厉的《禁酒法案》(又称《沃尔斯特法案》，规定凡酒精浓度超过0.5%的饮料全在禁止之列，即一切淡酒和啤酒也被禁止)实施的第三个年头，但“禁酒运动”反倒促生了“私酒”这种庞大的地下商业的兴起。从英国非法走私来的各类红酒和苏格兰威士忌以及美国私酒贩子自酿的酒类通过各种秘密的或半公开的渠道(停泊在海岸的贩运私酒的船—接货的货车—四通八达的公路—作为零售点的加油站和药店)流向美国各个角落，公然出现在大大小小的甚至有警方官员参加的聚会上，而络绎不绝地来盖茨比公馆参加通宵达旦的派对的纽约一带的时髦男女们在那里发现各种高档酒——“大厅里，设有一个黄铜围栏的酒吧，备有各种杜松子酒和烈性酒，还有早已不曾听说过的各种甘露酒……酒吧那边人头攒动，热闹非凡，同时，一盘盘鸡尾酒传送到外面花园的各个角落”——绝不会感到意外，也不会感到难为情，而是开怀痛饮。实际上，不常在自己举办的这些通宵达旦的酒会上露面或宁可不引人注目地混杂在客人中间的盖茨比，就是一个大私酒贩子（这一点似乎谁都知道，也谁都不在意），控制着一个庞大的地下私酒帝国，靠这个成了一个令人尊敬的百万富翁，并在海边建起了一座宫殿似的庞大别墅。

通过法律强制“禁酒”，从技术可能性上是徒劳的，按照当时政府禁酒部门的估计，要监控每个美国人每时每刻喝什么饮料，其中是否含有超过0.5%的酒精，至少得有一百万专职禁酒的警察。但技术可能性还是次要的，关键在于，“不饮酒”只是清教的教规，而“禁酒运动”通过禁止这种饮料来打击将此饮料视为宗教仪式或生活方式之组成部分的非清教徒人群，例如信奉天主教的爱尔兰人和意大利人（天主教的领圣餐仪式就将红酒作为基督的血），而且，在其他一些民族的节庆仪式中，饮酒还被当作民族认同的仪式。“禁酒运动”致力于在美国这个各种民族、宗教信仰和生活方式混杂的国家推行唯一的一种宗教信仰和生活方式，即白种的、盎格鲁-撒克逊人的、清教的宗教信仰和生活方式，在政治上具有压迫性，一开始就与美国宪法规定的个人自由原则相违。

与发动禁酒运动的中西部小城镇的清教势力将私酒贩子和饮酒者描绘成十恶不赦的罪犯和恶棍不同，那些将清教伦理视为过时的或者专横的道德意识形态的东部沿海大都市人（尤其是在19世纪末和20世纪初的移民浪潮中大量移居美国的东欧犹太人、爱尔兰人和意大利人，他们没有清教背景，恰恰相反，有着犹太教和天主教传统）将“禁酒”视为清教伦理对于其他文化传统的压制，也是盎格鲁-撒克逊种族对其他种族的外来移民的政治压迫。谈到美国禁酒运动，丹尼尔·贝尔1976年在《资本主义的文化冲突》中说，它反映了“文化问题的政治层面”：“就此而言，美国文化政治学的最具象征性的事件是禁酒运动，它是小城镇的传统势力为向社会其他阶层强制推行其特殊的价值观（不准饮酒）而采取的主要一次——也几乎是最后一次——努力。”

东部沿海大都市（尤其是纽约）接纳了大量欧洲新移民，也就接纳着大量非盎格鲁-撒克逊的、非清教主义的宗教、文化和生活方式，而且，来自欧洲的新移民也带来了当时流行于欧洲的社会主义、无政府主义、现代主义等思潮乃至“欧洲式的抽象理论思维”，危及注重经验和传统的美国思想和学术以及看重经验和简单常识的美国生活方式。“反智主义”虽迟至20世纪50年代——也就是麦卡锡主义甚嚣尘上的时期——才成为一种社会运动以及政治压迫的形式，但它在美国生活中根深蒂固，它源自早期的清教徒对于欧洲“旧世界”的“精神腐败”的厌恶以及在美洲“新世界”的蛮荒之地创建一种“简单”“纯洁”的精神生活的追求。但“反智主义”一词的中译容易引起误解，仿佛意味着对“理性”“知识”的敌意。正如理查德·霍夫施塔特在1963年出版的《美国生活中的反智主义》中所区分的，“反理性主义”并不等同于“反智主义”，“诸如尼采、索莱尔、柏格森或爱默生、惠特曼、威廉·詹姆斯等思想家，以及正如威廉·布莱克、D. H. 劳伦斯或海明威等作家，其观念或均可称之为‘反理性主义’，但很难说这些人在生活和政治层面上‘反智’”，实际上，他们中许多人恰恰是“反智主义者”所敌视的那种知识分子，即追求超越“稳妥的常识”的边界的人。“我在‘反智主义’名称下所指称的那些形形色色的态度和观念，”霍夫施塔特说，“有一个共同的倾向，即对（复杂的）精神生活以及被认为代表这种生活的人（知识分子）的敌意和不信任。”

这种社会对立同样具有地理和社会地理色彩，即中西部地区与东部大都市之间、“大众”与“知识分子”之间的对立：排斥抽象理论思维的“反智主义”传统在中西部根深蒂固，人们讨厌那种高度复杂的现代理论，提倡一种简单的“健康”的生活，而在中西部人看来，东部大都市的知识分子——尤其是从欧洲移民来的犹太知识分子——却将一些与美国经验主义思想传统相去甚远的高深莫测的理论术语以及同样高深莫测的繁复表达方式带入美国思想及其话语，瓦解了美国的国家认同的文化和心理基础，这就不难理解为何小施莱尔辛格在 1953 年说“反智主义一直是一种反犹主义”。他说得有理，尽管有点绝对。

无论禁酒运动，还是反智主义运动，都有一个共同的社会群体基础，即中西部的盎格鲁-撒克逊的清教主义信徒。正由于禁酒运动具有这种文化政治学层面的压迫性，它就反倒为那些非清教人群的“违法”（饮酒）提供了道德合法性，即抵抗压迫。此时，饮酒就不仅不被认为“不道德”，反倒因为它象征着对一种“不得人心”的法律的反抗，而具有了某种英雄主义色彩。“禁酒运动”时期的许多美国人大量饮酒，比平时还喝得多，使得那些大大小小的私酒贩子纷纷一夜暴富，并迅速挤入上流社会，成为上流社会的淑女们趋之若鹜的衣着讲究、礼貌周全、出手阔绰的绅士。如果一项法律既“不得人心”，又无法真正追究层出不穷的众多违法者的法律责任，那么，享受着这种跨越法律而不被追究的快感，就成了一种时髦了。

作为有着一半爱尔兰血统而且家里信仰天主教的移民后代，菲茨杰拉德自然不会像盎格鲁-撒克逊的清教徒那样反感酒精（和他笔下众多人物一样，他经常狂饮），视之为危及美国社会道德根基的邪恶力量，而是在轻描淡写（或仅仅“隐蔽提示”一下）盖茨比的大私酒贩子身份以及他对庞大的地下非法商业帝国的操控之后，以浓墨重彩，将他描绘成一个似乎对谁都无害而且随时乐于提供帮助的绅士，一个永志不忘初恋情人并最终为之承担带来杀身之祸的责任的“情圣”。但或许是不想让读者联想到本来就受到歧视的爱尔兰人和天主教，菲茨杰拉德暗示盖茨比是北欧移民之后，还通过小说结尾主持他的葬礼的“路德教会的那位牧师”暗示盖茨比是新教徒，即一个“WASP”（“白种、盎格鲁-撒克逊、新教”合一）。

种族主义是20世纪20年代流行于盎格鲁-撒克逊人中的一种“危机理论”，它在《了不起的盖茨比》中有一个代言人，即黛西的丈夫汤姆。他在卡罗威第一次在他家做客时就以一种“悲观主义者”的口吻激烈谈到“我们(白人)的文明正在分崩离析”,并问卡罗威是否读过“戈达德的《有色帝国的兴起》”。在得到否定的答案后,他说:“这是一本好书,每个人都应该读一读。它的观点是,如果我们不警惕,白种人就会——就会最终被淹没掉。它讲的全是科学道理。这已经证明了。”黛西试图打断他,讥讽他“最近变得渊博了,看了不少高深的书,里面有不少老长的单词”,但汤姆不理会,继续说:“这些书都有科学依据。戈达德这家伙把事情讲得明明白白。我们是占统治地位的人种,我们有责任保持警觉,否则其他人种就会控制世界。”然后他环视在座的几个人,按照戈达德的人种分类法将他们一一分类:“说到占统治地位的种族,是指北欧日耳曼种族。我是,尼克是,乔丹是,至于黛西……”他望着黛西,“犹豫片刻,以轻轻点头的方式将她也包括进去”。

汤姆对“我们的文明正在分崩离析”的担忧与“戈达德”如出一辙。阿纳·伦德认为“戈达德”是菲茨杰拉德对麦迪逊·格兰特和诺思诺普·斯托达德这两个种族主义理论家的姓的合写,这肯定如此,因为哈佛大学历史学博士诺思诺普·斯托达德1920年出版的《冲击白人的世界统治地位的有色浪潮》(即《有色帝国的兴起》影射的那本书)就由格兰特为之写序,他们不仅区分了白人和有色人种,还对白人进行了细分,按高低等级分为北欧日耳曼人种(斯堪的纳维亚人种)、地中海人种、阿尔卑斯人种(斯拉夫人种)。汤姆是“盎格鲁人”,属于

"北欧日耳曼人种",而黛西出嫁前的名字是黛西·费伊(Daisy Fay),Fay是一个法语姓氏,暗示黛西是低一等的"地中海人种"。

至于盖茨比,则其种族身份比较神秘。通过半真半假的履历,盖茨比一直将自己装扮成一个当时所定义的"真正的美国人"。安德鲁·戈登谈到当时流行在犹太、爱尔兰和北欧移民中间狂热的"同化梦"时说:"菲茨杰拉德笔下的盖茨比在十七岁的时候通过将自己的姓由Gatz(盖茨)改为更盎格鲁化的Gatsby(盖茨比)而变成一个WASP。"乔治·皮特·利雷等人认为"'盖茨比'(Gatsby)是日耳曼或瑞典姓氏'盖茨'(Gatz)的美国化,故事发生的时间正当德国人和瑞典人依然被看作移民,是'归化的美国人',其中只有很少一部分是纯正北欧种族,而汤姆·布夏南担心这种纯正的北欧种族将被非盎格鲁-撒克逊人所吞没"。卡莱尔·汤普森说:"Gatz这一姓氏字面上的意思在德语中是同伴或和平,它暗示杰伊·盖茨比可能是德国人或犹太人,从'盖茨'改为'盖茨比'意味着从犹太教改为新教。"的确,盖茨比庞大的地下商业帝国的成员及其关系人主要是犹太人(所谓"沃尔夫山姆的人")。汤姆在对盖茨比进行了一番调查后,将他排除在"北欧日耳曼人种"之外,暗示他是犹太人,是"迈耶·沃尔夫山姆一伙的"。在与盖茨比的一次激烈冲突中,汤姆指桑骂槐地说他不能容忍"不知从哪儿冒出来的阿猫阿狗和你老婆胡搞","人们今天嘲弄家庭生活和家庭制度,赶明天就要抛弃一切,搞黑白种族通婚了"——对此,知道他与威尔逊的老婆胡搞的底细的卡罗威只是讥笑，说这个酒色之徒自以为独自站在文明的最后堡垒上。

汤姆是格兰特和斯托达德的种族主义信徒。出于一种意味深长的对比，菲茨杰拉德让盖茨比的图书室出现一本“《斯托达德演说集》卷一”，但这个“斯托达德”不是诺思诺普·斯托达德，而是“约翰·斯托达德”，即诺思诺普·斯托达德的父亲。老斯托达德曾是新教徒，但后来改宗了妻子所信奉的罗马天主教，并支持犹太人返回耶路撒冷建国，在天主教徒和犹太人中间颇有声望。老斯托达德是个不知疲倦的旅行家，足迹几乎遍及全球（来过中国），而且所到之处必将其山川形貌、自然美景、文明遗迹笔之于书，并细心体会其各自的妙处，《斯托达德演说集》卷一即对“挪威、瑞典，雅典，威尼斯”的描绘。他在另一本书的前言中说：“旅行的收获，不是来自你走了多远，也不是来自你看到的景色，而是来自它所激发的智性的灵感以及由此带来的思想和阅读的多少。就像人的营养不是来自他所吃的食物的品质，而是来自他对食物的吸收和将其转化为自身成分的的程度……当意大利、希腊、埃及、印度以及其他地方成为我们心灵的永恒的和清晰的所有物，我们才谈得上访问过它们。”所以，他又将这种旅行称为“心灵之旅”，即摆脱自己的固念，向陌生的存在开放自己内心，并与之亲近。不过，这种带着深刻的同情去了解万事万物、芸芸众生的愿望，却不见于他的儿子——小斯托达德甚至反其道而行之，在他父亲去世后，成了一个响当当的种族主义理论家。父与子，才一代人工夫，美国就关闭了它的梦想与心灵拓展的精神，但它还保存在盖茨比的图书室里，尽管这本毛边书的书页没有被“裁开”，但菲茨杰拉德写道，如果这本书——“一块砖”——从书架上被抽掉，“整个图书室就可能坍塌”。

中西部的一个故事

与盖茨比相比，黛西、汤姆以及那些隔三岔五来到盖茨比公馆的酒宴的纽约上层社会男女，按卡罗威的说法，都是一些“无所顾忌之人，他们砸烂了东西，毁掉了人，然后就缩回到自己的金钱之中，退回到他们的麻木不仁之中，或者退回到能够继续维系他们的关系的什么东西之中，让别人来收拾他们的烂摊子”。这个“别人”包括盖茨比，望着他在篱笆那边的草坪上走远的身影，尼克突然有了一种兄弟之情，喊道：“他们是一帮混蛋，他们那一大帮子加在一起，也比不上你。”

这个为他们收拾烂摊子的“别人”当然也包括卡罗威本人，他在盖茨比被威尔逊杀死后，操办了他的凄凉的葬礼：“下午五点左右，在霏霏细雨中，我们三辆车子组成的行列开到墓地，在大门旁停下来——第一辆是灵车，黑漆漆，湿漉漉，后面一辆是坐着盖茨先生、牧师和我的大轿车，稍后到来的是坐着四五个佣人和西卵镇的邮差的盖茨比的旅行车，大家都淋得透湿。”这场凄凉的雨中葬礼令人联想到歌德笔下维特的葬礼，维特也是毁于他的强烈、持久而敏感得近乎病态的激情："管家和他的儿子们跟在维特的尸体后面到了墓穴，阿尔伯特未能随他们一起来。夏洛蒂的生活彻底毁了。下人们抬着维特的尸体。没有牧师参加。"

维特是自杀，他的葬礼自然不会有牧师随往。但被杀或者说被误杀的盖茨比的葬礼还是有一位牧师参加的，在盖茨比的遗体下葬时，尼克在雨中站立的寥寥几个送葬者中"隐约听到有人喃喃念着'雨中下葬的人，你们有福了'"，那正是这个路德教会的牧师。这句充满感伤的诗意的祈祷语的英文原文是"Blessed are the dead that the rain falls on"，是一句自17世纪流传下来的美国谚语，其他大同小异的说法是"Happy is the corpse on a rainy day"（雨天下葬的遗体是有福的），"Blessed is the corpse the rain falls on"（雨中下葬的遗体是有福的）等，但它最初来自古英语谚语"Blessed are the dead the rain rains on"或"Blessed are the dead, whom the rain rains on"。1787年F. 格罗斯编纂的《外省词汇》（迷信部分）对这句谚语释义道："如果遗体下葬时下雨，被认为是个好兆头。"雨中出殡的死者是有福的，因为，正如1849年斯芬克斯在一首题为《雨中下葬的人，你们有福了》的谣曲中所唱：

哦，"雨中下葬的人，你们有福了！"
这悲伤、纤细、轻柔的雨，
上苍的无声的痛苦的眼泪

轻轻落下，直到死者的身体重生：
是的，“雨中下葬的人，你们有福了！”
……
这雨，洗涤一切污垢的雨，
伴着“永恒之露水”，
使我们脆弱的肉身重生，
使我们的墓穴变成第二个子宫。
……
这些死者，在人间已死，
死后却获得了生命，
他们现在全在上帝那里，
耶稣是他们的首领。

可是，在《了不起的盖茨比》开篇，尼克为何说“盖茨比代表了我所一直鄙视的一切”，而仅仅几行文字之后，又说“盖茨比最终是无可厚非的”，这正如在小说末尾，他在盖茨比走远时对他喊“他们是一帮混蛋，他们那一大帮子加在一起，也比不上你”之后，又说“我自始至终不赞成他”？批评家们从这里纷纷发现了尼克的“不可靠叙述”，例如查尔斯·华尔科特认为“我们习惯于赋予一个叙述者以某种全知的本领，因为毕竟是他在讲故事”，但“菲茨杰拉德笔下的尼克·卡罗威突破了这些常规……他习惯保留自己的判断”，这就像迈克尔·劳林在最近发表的一篇论文中说“尼克允许不和谐音存在于他的观点中”。

但尼克只是在“更年轻的时候”——或者说从纽约返回家乡之前——才“习惯保留自己的判断”，而整个故事却是在他返回中西部家乡一年后追述的，此时，他对纽约的朝生暮死的花花世界已感到由衷的厌倦，似乎自己一下子沧桑了许多，急于退回到中西部的虽有些无趣却也安稳的思想状态和生活状态中。曾经被他说成“宇宙的粗糙边缘”的家乡此时在他的一种充满诗意的怀旧感中变得“生动”起来，他重新认可“这是我的中西部……我是它的一部分”，“我现在才明白这其实是中西部的一个故事——汤姆和盖茨比、黛西和乔丹以及我，曾全是西部人，或许我们分享着一个共同的弱点，使我们都不能丝丝入扣地适应东部的生活”。

卡罗威没有具体说明中西部人的这种“共同的弱点”到底是什么——那可能是指缺乏“灵活性”“巧智”和某种难以模仿得来的“自如”和“精致”。不过，尼可拉斯·特德尔阐释说：“东部是都市复杂性、文化与堕落的象征，而西部，‘俄亥俄河那一边的无趣、懒散、自负的城镇’，则代表着一种简单的道德。这种对比汇聚在小说题目上：当盖茨比代表着菲茨杰拉德所认为的与西部相联的那种简单道德时，他是一个真正了不起的人，而当他取得的显赫名声被东部当作成功时，他就差不多和巴纳姆（以举办新奇的游艺节目和展览著名，同时还是一个多面手——如作家、慈善家、政治家等，当时被认为是美国精神的象征）一样了不起了。”换言之，在他看来，当卡罗威判定盖茨比“了不起”时，是同时基于“中西部”和“东部”这两个不同的评价标准，即本文前文所说的“交叉的目光”。

虽然同为中西部人，但汤姆、黛西和乔丹以及“我”之所以不及盖茨比，在于东部的经历使他们失去了这种“简单的道德”或者说“天真”，这种“天真”包含了一种对“梦想”的持之以恒、矢志不移的坚定性，而且浸透了爱和关切。这种天真的浪漫也片刻见于汤姆：当黛西正犹豫不决地在似乎已胜券在握的盖茨比与似乎快要一败涂地的汤姆之间进行选择时，气急败坏的汤姆突然记起他和黛西过去生活中的一些亲密片段，为反证黛西所说的“并没有真爱过他”，对她大声喊道：“在卡皮奥拉尼的时候也没爱过吗?”黛西回答“没有”，但容态已有一些勉强，汤姆又追问：“那天我把你从‘潘趣酒碗’（游艇）上抱下来，不让你的鞋子沾着水，你也不爱我吗，黛西?”黛西的意志立即就崩溃了，让盖茨比不要逼自己。但作为故事叙述人，卡罗威对自己与乔丹之间的爱情则轻描淡写，但他们之间的爱情从一开始就显得苍白，他和她同样老于世故，因害怕失败而不敢投入，对爱情也没有什么激动人心的期待，而在这场还未怎么展开的爱情稀里糊涂地结束时，两个人似乎也不感到多么难过。不管怎样，卡罗威从黛西、汤姆、乔丹以及他本人身上发现的是那种无所用心、粗心大意的不认真（尽管卡罗威对乔丹说：“我最讨厌凡事不认真的人。”），缺乏盖茨比的那种认真、执着、对细节的无比关注以及将自己完全投入一个想象情境中的敏感。他们失去的，在菲茨杰拉德看来，是一种浪漫主义的敏感和热情。

卡罗威从盖茨比身上看到的是一种始终如一的确定性，一种能够一直持续下去而不被各种粗俗的欲望所中断的激情和热烈的想象，这激情和想象甚至在其对象物最终被证明完全与之不相配的情形下依然不改初衷，就像盖茨比对黛西的爱——它超越了对象，在对象不在场或已远去的情形下依然如故："当我坐在那里，沉思着这个古老、神秘的世界时，我思忖着盖茨比第一次认出黛西家码头尽头的那盏绿灯时的惊喜之情。他经历了漫长的跋涉才来到这片蓝色的草坪，他长久追寻的梦想此刻似乎近在眼前，他一定不会抓不住。他不知道他梦想的对象已被他抛在了后面，抛在了纽约城那一边无垠的混沌中，那里，共和国黑魆魆的田野在夜空下延绵不绝。盖茨比坚信那盏绿色的灯，这个一年年在我们眼前渐行渐远的极乐未来。"

因此，当卡罗威说"盖茨比代表了我所一直鄙视的一切"和"我自始至终不赞成他"时，那绝对不是出于自己的一种道德优越感，相反，他认为自己远不及盖茨比。除了"消极能力"，菲茨杰拉德并没有赋予卡罗威另外的杰出才能，他多少显得有些平庸和"少年老成"（就像他谈到乔丹时一样），不会像盖茨比那样为一个不切实际而且最终证明配不上他的梦想而一直坚定执着，为之肩负责任，甚至因之丧命。在卡罗威看来，这太疯狂，太没有"理性"（"计算性"），也太可笑，他会鄙视或不赞成自己身上出现这种浪漫的激情（他与乔丹之间的恋情就是如此）。我们太容易赋予故事叙述者以一种"全知"的地位并对他的"评判"充满信任，但只有顺着卡罗威的自我描述将他降低到"常人"位置，才能理解他对盖茨比的似乎"矛盾""混沌"或者"双重”的评价：

> 当我去年秋天从东部返回家乡后，我觉得我希望全世界的人都穿起制服并永远在道德上保持一种立正姿势；我不再需要内心的探险，探入人们的内心。唯有盖茨比，即我用其名来做本书题目的那个人，我不以这种态度对待他——盖茨比，他代表了我所一直鄙视的一切。如果人之个性在于一系列连续不断的不会屈服的姿态，那么，他身上就有某种异彩，某种对生活的敏锐感受力，似乎他的神经与记录万里之外发生的地震的敏感的地震仪相连。这种敏感反应与通常美其名曰“创造性气质”的那种柔弱的感受性毫不相干，毋宁说它是一种永怀希望的非凡天赋，是一种我此前未曾在他人身上发现过而且大概今后也不可能发现的带有浪漫气质的时刻听从召唤的状态。不——盖茨比最终是无可厚非的；而正是那吞噬盖茨比的东西，那种在他的梦幻消失后从龌龊尘埃中升腾起来的东西，使我常常不再对人们的那些易逝的悲伤和片刻的欢娱感到任何兴趣。

正如前文所引，济慈将“消极能力”定义为“一种能处在不确定、神秘、疑问的状态的能力”。这不仅是指对他人的“不确定、神秘、疑问”，更指对自己的“不确定、神秘、疑问”。卡罗威之所以高度评价一个“代表了我所一直鄙视的一切”和“我自始至终不赞成”的人，是因为卡罗威更多地对自己固有的价值判断持着一种“不确定、神秘、疑问”的态度，却在盖茨比身上发现了“一种我此前未曾在他人身上发现过而且大概今后也不可能发现”的明确的一致性：他的每一步都走在通向“那盏绿灯”的漫长道路上。当卡罗威第一次看见盖茨比时，盖茨比正独自站在黑暗的草坪上，“我准备上前打个招呼”，尽管盖茨比没有发现离得不远的卡罗威，但“这时，他突然做出一个暗示动作，似乎他满足于独处——他双手奇怪地向黑沉沉的海水伸出双臂，尽管离他有些距离，但我敢发誓，我看见他在发抖。我也情不自禁地朝海水的方向望去——什么也看不见，除了一盏孤单单的绿灯，又小又远”。

Ⅱ　反浪漫主义

——盖斯凯尔夫人如何描写哈沃斯村

“文学朝圣者”的理想景观

1861年，一位名叫约翰·麦克兰兹伯里斯的布拉德福德市工程师因崇拜夏洛蒂·勃朗特，也像其他“文学朝圣者”一样对她的家乡约克郡西部山区的哈沃斯村充满好奇，遂决定去凭吊一番。乘火车到达基斯利镇后，他惊讶地发现通往哈沃斯村只有一条坑坑洼洼的乡村公路，似乎19世纪30年代到40年代席卷英国许多地区的“铁路狂潮”把这片地理上并不算偏远的山区给遗忘了。话说回来，在1847年勃朗特姐妹的文学声名鹊起从而使来哈沃斯村“朝圣”的人络绎于途之前，这片只能胡乱生长些灰紫色帚石楠、山坡上遍布大大小小的黑石头的荒凉高沼地又有什么值得逐利的铁路投资者掏腰包呢？直到1840年，自己尚且未通铁路的基斯利镇的报纸谈起哈沃斯村时依然不屑地说它“直至最近才或许刚刚摆脱半野蛮状态”。如今却不同，因为勃朗特姐妹，这片默默无闻的贫瘠山区突然变得格外浪漫了，在英国文学地图上像神秘的圣山一样突然隆起，比那帮浪漫派才子佳人曾徜徉过的北部“湖区”更投合维多利亚中期中产阶级的道德和美学的想象力。

麦克兰兹伯里斯随即倡议从附近通铁路的城镇修一条支线到哈沃斯村，并获得了约克郡商人和格外看重本乡声望的地方政治人物的赞同。一次次会议在距勃朗特故居不远的黑牛客栈召开，探讨这条支线将给哈沃斯村带来的利益。据会议记录，“与会者完全相信，修筑一条从基斯利通到哈沃斯的铁路，对维护本地财产的价值、促进本地福利及工业进步，不可或缺”。会议决定成立基斯利—沃斯河谷铁路公司，选定从四英里外的新兴毛纺业城镇基斯利沿西南方向的沃斯河谷修一条单线铁路。公司在获得议会授权后，开始发行股票，并任命麦克兰兹伯里斯为工程师。1864 年 2 月 9 日，开工仪式在哈沃斯村举行，约克郡几位政要送来了一柄雕有橡树的银铲以及一推车橡树枕木以志庆贺，并支付了仪式所花费的酒钱。铁路线与原先那条公路（“朝圣之路”）并行，但它隔在公路与哈沃斯村之间，为确保步行者无须横穿铁路便可安全到达哈沃斯村，在距离村口不远的地方，铁路线下面留出一个步行通道。到 1867 年 4 月 13 日，这段只有五个车站、全长五英里的铁路才告竣工，并在哈沃斯火车站举行了隆重的通车仪式。选在这里举行通车仪式，正如当初的开工仪式，理由不言自明——那是“勃朗特之乡”。

通车仅一个月，《基斯利新闻报》就评论道：“自沃斯河谷铁路开通以来，它已成为成千上万的人到哈沃斯这个古老村落参观的交通手段。在过去几个周末，成百上千的人在这个浪漫之地享受了纯净空气和山间微风。所有情形都表明，这里极可能成为夏季休闲场所。”现在反倒是作为这条“文学朝圣”之路的中转站的基斯利镇从哈沃斯村获得经济好处了——那里大大小小的客栈为依然选择步行去哈沃斯村的大量“文学朝圣者”提供着食宿。斯图亚特·达尔比说：“这条铁路线的名声大部分归因于哈沃斯站，因为勃朗特姐妹出生在哈沃斯村。”尽管达尔比弄错了勃朗特姐妹的出生地——其实她们出生于“山那边”的桑顿村——但他的评论是符合事实的。正如裴吉·赫维特所说，这条铁路“改变了哈沃斯村的形状。随着一溜溜联立房屋建造起来，哈沃斯村从半山腰向下蔓延到河谷，又从对面山坡向上蔓延”。哈沃斯村越过沃斯河谷向对面山上蔓延，不仅将河谷中的那条铁路变成了“穿村而过”的铁路，而且为“文学朝圣者”提供了一个从高处观赏河谷对面山上的老哈沃斯村并将它全部纳入视野的理想观景之地。

不过，对虔诚的文学朝圣者来说，望见河谷里出现一列拖着长长的黑烟的工业怪物，还是有些不悦，这破坏了他们对哈沃斯村“原始性”的浪漫想象，尽管实际的哈沃斯村随着成千上万的“文学朝圣者”的到来而渐渐变成了一个“夏季休闲场所”。而且，他们既熟悉《简·爱》，自然就熟悉17世纪清教徒作家约翰·班扬的寓言作品《天路历程》——有清教主义倾向的夏洛蒂在《简·爱》的最后部分大量挪用这部作品，以便在简·爱、传教士圣约翰与班扬笔下历尽艰险的朝圣者之间产生一种隐喻重叠——从而把“文学朝圣”想象成一种与地理上的“艰难跋涉”相联系的内心之旅。即便 1867 年之后基斯利镇与哈沃斯村之间通了火车，他们还是宁愿选择将基斯利镇作为步行出发点的传统朝圣仪式，沿着那条与沃斯河谷铁路并行的乡村土路，向四五公里之外的哈沃斯村跋涉，并装作没有看见那条铁路。

其实勃朗特一家与“铁路狂潮”有着相当复杂的纠葛。夏洛蒂颇有才气的弟弟勃兰威尔 1840 年被任命为利兹—曼彻斯特铁路线上的索尔贝桥火车站助理售票员，一年可挣七十五英镑，这已是相当体面的薪水，次年又升职为鲁登登山脚火车站售票员，不过他游手好闲的老毛病又犯了，还酗酒，不久被下派到一个偏远乡下火车站，那里经过的火车一天也没几趟，“他百无聊赖，孤独地坐在车站售票木棚里，时不时地在铁路账簿的空白处画些素描”。他留下的好几幅以他的姐妹为模特的油画和水彩画证明他受过一些浪漫派画家的影响，但这些习作本身“并没有显出他本人以及他的家人认为他有的艺术才华”，尽管对浪漫派画作的兴趣会影响他观察人物与风景的方式——这一点，也可以从他的同样喜欢临摹这些浪漫派画作的姐妹所创作的小说中的人物和风景描写看出来。不过，就在他百无聊赖地坐在那个偏远乡村火车站的售票木棚里画素描的时候，更糟的事降临在他头上：公司查出他在担任鲁登登山脚火车站售票员时“账目违规，手下盗用公款”，把他解雇，从此他就沦为了酒鬼和瘾君子，整天泡在黑牛客栈与本村的一帮坏小子厮混。

他的放浪形骸给家庭经济前景造成极大不安。颇有经济头脑的姐妹们开始投资冒险。1842 年，她们的姨妈伊丽莎白去世，给她们每人留下一笔三百英镑的遗产，时值“铁路狂潮”，她们就用遗产的大部分买了约克—北部内陆铁路公司的股票，还买了一些矿山股票。可惜她们未能在股值飙升时出手，结果 1845 年下半年铁路股值开始一路狂跌，在持股人那里引发“铁路股票恐慌”。夏洛蒂也是忧心忡忡，不仅关注报上每天的股票走势和股评家的分析，还在致密友的信中屡向她们征求建议。到 1849 年 10 月（那时她已出版《简・爱》，并在伦敦有了几个更加熟悉股票行情的文学朋友），她在致《简・爱》当初的出版商乔治・史密斯的信中还痛惜道：“那笔生意的确糟，比我想象的还糟，比父亲料想的要糟。事实上，我拥有的那些铁路股票，若按最初价格，已够我一生温饱了——我并非有浪费的想法和习惯的人。现在，我肯定不能指靠它们了。”在惋惜自己未能在这场投资冒险中获利后，她转而谴责“这种铁路制度夺走了许多人每日的面包”。这倒是回夺道德制高点的漂亮的反戈一击。

其实这时她已是“薄有资产”的人，她本人及其已去世的妹妹艾米莉和安妮的著作一直卖得很好。于是，她把现在只有她和父亲及两个女仆居住的牧师住宅好好装修了一番，又添置了许多深红色的新家具，给 1853 年秋第一次去哈沃斯村探望她的盖斯凯尔夫人留下了深刻印象：“会客室里的家具显然是近年新换置的，勃朗特小姐的文学成功使她有能力多花一些钱。房间里的一切都与作为小康之家的乡村牧师住宅的观念相配，也很和谐。房间的主色调是深红色，形成了与关在户外的那片寒冷灰暗的景致截然不同的氛围。”

在 1847 年 5 月致闺蜜埃伦·纽西的信中，夏洛蒂因约克—中部内陆铁路没通到哈沃斯村而感到遗憾：“那条铁路线已开通了，但只通到了基斯利镇。”为了去外地，她不得不依然沿着那条坑坑洼洼的乡村公路步行到基斯利镇，在那里搭火车。山区天气多变，走在这条无遮无挡的公路上往往会遭遇阵雨，就像 1847 年 9 月她在布拉德福德一个朋友家改完《简·爱》校样后乘火车到达基斯利镇，再“从基斯利步行回家，一路上，雨下得很大，又刮着大风”。可以想象，如果她能活到看见基斯利—沃斯河谷铁路的兴建，她一定会在这条因她们姐妹的文学名声才有并将成为“文学朝圣”方便之路的铁路线上投资。

文学朝圣者主要是在 19 世纪 40 年代之后的经济繁荣中获利的欧美中产阶级男女，他们是感伤文学的读者群，而此时在中产阶级中兴起的“休闲”时髦也让以前难得有出门机会的中产阶级妇女成群结队前往偏远的风景名胜及文学名人家乡，去弥补一下中产阶级生活所缺少的浪漫成分。英国左派历史学家埃里克·霍布斯鲍姆谈到流行于中产阶级女人之间的这种文学时髦时评论道：

> 或许，主要是通过在资产阶级家庭女性成员中兴起的白日梦，浪漫主义才得以进入中产阶级文化……资产阶级姑娘们弹着肖邦或舒曼的浪漫室内乐。毕德麦耶尔鼓励

> 一种诸如艾辛多夫或爱德华·默里克那样的浪漫抒情风格，其中激情被转化为怀旧或消极的渴望。甚至忙碌的企业家在商务旅行时也会欣赏一下一晃而过的"我从来没有见过的最浪漫的景色"的山，在家时则以画"乌朵浮古堡"来消遣。

连出名后或有钱后的夏洛蒂都加入了"文学朝圣"队伍。1850年初夏，她应《简·爱》审稿人威·史·威廉斯之邀去伦敦——威·史·威廉斯深谙文学市场，知道在大家正对《简·爱》的作者"柯勒·贝尔"的真实身份议论纷纷之际让她在伦敦高调露面的轰动效应——但她对工商业之城伦敦的印象一直不好，就像1846年仲夏她在首屈一指的工业城市曼彻斯特小住时感到非常压抑（正是在这座首屈一指的工业重镇，她一边陪伴做白内障手术的父亲，一边创作《简·爱》这部以"前工业时代"的乡村为题材的浪漫小说）。不久，她从伦敦远赴爱丁堡，去朝觐这个她一直最为心仪的"文学圣地"，那是她心仪的沃尔特·司各特的故乡，而司各特的中世纪小说赋予了苏格兰一种哥特式的浪漫色彩。返回哈沃斯村后，夏洛蒂在致一位女友的信中对伦敦和爱丁堡进行了一番对比："与伦敦相比，爱丁堡就像是历史的生动一页，而伦敦则像一篇冗长乏味的政治经济学论文，至于苏格兰的麦尔罗斯和阿波茨福特，光是名字听上去就充满音乐感和魔力。"在写给威·史·威廉斯的信中，她使用了浪漫派诗人偏爱的"诗"与"散文"的隐喻：

> 以前，我热爱的苏格兰只是一个概念，现在成了一个实体，我的热爱之情更是无以复加；它带给我此生从未品尝过的欢乐时刻……只要见过爱丁堡一次，看过它龙盘虎踞似的峭壁断崖，谁不会在睡梦和白日梦中再次见到它？亲爱的先生，如果我说，您的伟大的伦敦城与“我的浪漫之城”爱丁堡城比起来，如同散文之于诗，如同一部嘈杂枝蔓的笨重史诗之于一首如闪电般明快、清晰、生动的抒情诗，您别以为我出言不逊。您的伦敦城里可没有司各特纪念碑那样的东西，即便有，再把伦敦全部得意的建筑都算上，伦敦城也没有“亚瑟王宝座”，更关键的是你们伦敦人没有苏格兰那种伟大的民族性格，正是这种性格赋予那片土地以真正的魅力和真正的伟大。

夏洛蒂从爱丁堡归来的次月，作为一次赢得苏格兰人心的“爱国主义”政治象征之旅，维多利亚女王及“驸马”阿伯特亲王带着几乎满朝文武和宫廷命妇巡游苏格兰，下榻在能望得见“亚瑟王宝座”的行宫，但天气和身体使女王无法攀登这座陡峭的山峰，于是，亲王带着一些朝臣和命妇前往，“在山脚下马，徒步攀登”(詹姆斯·布斯特全程记录了这一旅程)。次年 8 月，维多利亚女王故地重游，根据罗伯特·麦克比恩的记载：“一大早，她驾到后，便在阿伯特亲王与皇家孩子陪伴下，弃辇于山脚，徒步登上‘亚瑟王宝座’，第一次在山巅俯瞰四周美不胜收的景色。”一个月后，夏洛蒂就此事写信给苏格兰人詹姆斯·泰勒，言语中透露出她的强烈的爱国热情：“女王和她的丈夫及皇家孩子一起登上‘亚瑟王宝座’，的确非常有利。我至今不能忘怀，当登上山顶时，我们坐下，俯视山下那座城市，然后远眺大海、利斯及彭特兰山。作为苏格兰人，你无疑会感到骄傲，为这片土地、首府、它的人民及文学感到骄傲。”

顺便说说，维多利亚女王也是《简·爱》迷，曾彻夜对阿伯特亲王诵读《简·爱》的章节，并评价“此书非常有趣，十分精彩，极有表现力，写得极美”。至于从小就生活在宫禁中的年轻的女王与一个打小就在穷乡僻壤生活的乡村女子之间为何发生共鸣，就不能仅从美学趣味上加以解释了。维多利亚女王希望看到英国重现18世纪粗野有为的男子汉观念，而不是此前把持英国权柄的摄政王即后来的乔治四世心仪的，整天在沙龙里以高雅的着装、谈吐和风度相磨砺的纨绔子作风。维多利亚女王之于乔治四世，正如夏洛蒂之于简·奥斯丁。乔治四世是奥斯丁的崇拜者，甚至在自己的每一处行宫或者住处都存了一套奥斯丁小说，他当然希望自己的名字出现在奥斯丁的著作中，那将是他的荣幸。因而1815年，得知奥斯丁的新小说《爱玛》正在付印，他就托付自己的图书馆管理员J. S. 克拉克写信暗示奥斯丁，将《爱玛》题献给他。于是，我们看到，《爱玛》初版的扉页上，“Emma”下面出现了这行字：“Dedicated by permission to H. R. H. the Prince Regent.”（蒙恩准，献给摄政王殿下。）到夏洛蒂进入文坛的19世纪40年代末，尽管奥斯丁的作品依然被广泛阅读，但此前雄踞文坛长达三十多年的浪漫派文学已造成了这么一种文学偏见，即一部作品必须显示出“激情”才具有打动人的力量，如芭芭拉·哈蒂所说：“整个19世纪，激情被认为是小说必有的因素，而且，的确，一直到20世纪，我们依然不断听到有人抱怨在简·奥斯丁那里找不到激情。强烈的感觉、情感深度、崇高性、升华、心灵——所有这些，无论批评家们是赞同还是反对，都不见于奥斯丁的六部主要小说。”

夏洛蒂对批评家乔治·刘易斯居然盛赞奥斯丁大吃一惊，说这位以乡绅生活为题材的作家的作品如同“精心围护起来的高度人工化的花园，有着明晰的花径和精致的鲜花，却看不到明亮、生动的事物，看不到旷野，闻不到新鲜空气，看不到蓝色的山，看不到潺潺小溪。我可不想与她笔下的那些绅士淑女一起生活在他们的高雅、封闭的宅子里”，又说奥斯丁只知道“高雅地打趣”，“对激情一无所知……对人心的关注远不及她对人的眼睛、嘴、手和脚的关注”。生活于法国大革命之后的浪漫主义文学时代的奥斯丁其实是一个文学现实主义者，始终在以金钱为核心的资本主义社会关系中塑造自己的人物，从日常生活中发现史诗，而严格说来已脱离文学浪漫主义时代的夏洛蒂却是一个文学浪漫主义者，至少在文学观上把政治经济学一类的东西当作俗物，把自然万物视为自己的内心激进的隐喻或者象征。

爱丁堡之外，北部“湖区”是勃朗特心仪的另一个“文学圣地”。她在诗歌学徒期时就曾怀着一个热爱文学的乡下丫头的热情给华兹华斯、柯勒律治和骚塞写信，还在骚塞的邀请下准备去“湖区”一游(因路费问题而作罢)。在三姐妹诗集于1846年出版后,夏洛蒂给华兹华斯和德·昆西各寄去一本,并附上请教的长信。1850年仲夏,爱丁堡之行后,她终于得以完成“湖区”之行。但因为随行的两位旅伴急匆匆的性格,她几乎只能从马车窗子浏览一下飞速而过的风景,让她颇为失望,但这种失望或许主要源于“湖区”的风景过于明丽通透,而且那个时候的“湖区”也非安宁之地了,到处车水马龙,缺乏她所中意的那种哥特式的阴森神秘之美。她写信给威·史·威廉斯说:“湖区,作为风景,当然很美,远比我在苏格兰看到的风景要美,但却不像后者那样带给我那么多快乐。”又在给她曾经的老师伍勒小姐的信中提到:

> “湖区”的风景美不胜收,和我睡梦中和白日梦中见到的相差无几。不过,亲爱的伍勒小姐,我只能一半地欣赏它,因为我只感到一半的自在。我发现自己根本不可能从一辆引人注目的马车中向外探寻风景,但从货车、大车乃至驿车中却可以。马车把事情弄糟了。我一直渴望避开人们的注意,独自藏身于群山和山谷。

她或许没料到,在她死后,甚至死前几年,哈沃斯村作为一个后起的“文学圣地”冉冉升起,声望很快盖过司各特的爱丁堡和湖畔派的“湖区”,乃至与莎士比亚的斯特拉福德镇平分秋色了。连她本人都说,哈沃斯教堂执事只要向外地来的文学朝圣者悄悄指认一下她，就可赚到一个两先令八便士的硬币。是文学朝圣者将夏洛蒂和哈沃斯村双双浪漫化了——当然，夏洛蒂以及她的妹妹的小说就弥漫着这种浪漫情调——并将被浪漫化了的夏洛蒂永远埋在了被浪漫化了的哈沃斯村，而实际上，夏洛蒂早在写作《简·爱》前就感到哈沃斯村的生活难以忍受。这种绝望情绪在她 1845 年 3 月给埃伦·纽西的信中终于爆发了：

> 我难以向你描述在哈沃斯是怎样打发时间的。没有任何可算作事件的事来标示时间的进程。所有日子都一个样，一切都显出沉重、毫无生气的样子。星期日、烤面包的日子和星期六，是仅有的稍许不同的日子。生命正在消磨掉。我很快就三十岁了，却一事无成。有时，看到周遭种种，我不由得意气消沉。但怨天尤人既不对，也很愚蠢。我的责任明确要求我现在留在家里。曾有那么一段时间，哈沃斯对我来说是个非常快乐的地方，但现在不是了。我感到我们似乎全被埋葬在这儿了。我渴望旅行，渴望去工作，渴望去过一种充满活力的生活。

似乎哈沃斯村只有作为远行归来的暂时休息地，对她才是浪漫的，这正如来自城市的文学朝圣者到哈沃斯村只是想短暂体验一下“浪漫”，他们绝不想自此作为向这片贫瘠土地讨生活的哈沃斯村人在这里生活一辈子，每天望着连绵的群山发呆。一片土地之成为风景，除某种有关“风景”的观念外（看一看勃朗特家的藏书及这些书籍的性质，就知道了），还因观赏者与之拉开了一个审美的距离，而对祖祖辈辈以这片土地为生的当地农民来说，正如英国马克思主义文学批评家特雷·伊格尔顿谈到爱尔兰土地之于爱尔兰农民，“土地当然只是一个经济和政治范畴，也是一个伦理范畴……大体而言，它并非一个美学化了的概念”。这也是“刚刚摆脱半野蛮状态”的哈沃斯村因《简·爱》而突然成为“风景”的原因：它被浪漫主义地编码，进入了“无功利的”审美观照。

想必夏洛蒂平日站在荒丘顶上，目光会经常越过似乎无穷无尽的层峦叠嶂，落在那条沿着河谷向基斯利镇蜿蜒而去的道路上。她笔下的简·爱也渴望去“外面的世界”：

> 我走到窗前，打开它，朝外望去，看得见房子的两翼，还有花园，再远是洛伍德的野外及山峦起伏的地平线。我的目光越过所有这一切，停在最远处的蓝色山峰上。那正是我渴望要越过的，而围在远处那一圈岩石和荒草之内的这片天地，整个儿就像是苦役犯服刑地和流放犯囚禁场。我的目光追随着那条沿着一座山的山脚盘绕，最后消失在两山夹谷间的白色大路，我多想顺着它望到更远的地方啊！

夏洛蒂的父亲老勃朗特 1849 年曾谈到自己与自己生活了近三

十年的哈沃斯村的关系："我在哈沃斯，就像一个陌生人置身于一个陌生之地。"这位剑桥圣约翰学院的毕业生最心仪的人物是巴麦尊——此人作为英国第一次对华鸦片战争时期的外交大臣和第二次鸦片战争时期的首相，在其中起了核心作用——而大败拿破仑军队从而捍卫了英国国土的威灵顿公爵是夏洛蒂最崇拜的政治人物，她出名后终于在伦敦见到了他。尽管勃朗特姐妹生性羞怯，在上流社会和时髦社会中时有一种挥之不去的社交障碍，却从小就热衷于在她们的天地里谈论政治，并在自己的文学幻想中充当领袖的角色，常常击败强大的对手，获取财富、征服殖民地和赢得爱情。

一个崇拜威灵顿公爵的人怎甘心一直"独自藏身于群山和山谷"？当老勃朗特将牧师住宅楼上楼下塞满书籍时，他就主要生活在与哈沃斯村没有多少关联的幻想中了，这就像他的那些同样生活在这些书堆里的孩子：比起哈沃斯村，他们的精神与爱丁堡和"湖区"离得更近。1853 年 9 月盖斯凯尔夫人来看望夏洛蒂时，发现这个地处荒原的"托利党人和牧师"的住宅里竟然"楼上楼下都是那种用小字密排印刷的经典之作"，而更引人注目的是来自夏洛蒂母亲一方的书，"这些书有自己的特点——热切，狂热，有时甚至是疯狂"，里面"尽是些奇迹、幽灵、超自然预感、不祥之梦以及癫狂"。至于那些"用小字密排印刷的经典之作"，可从夏洛蒂 1834 年 7 月写给埃伦·纽西的信中获得一个大致印象。她向这位热爱阅读却找不到方向的女友强调"执着于经典，避开时髦之作"，并推荐一些属于自己核心阅读范围的作品："诗歌，则密尔顿、莎士比亚、汤姆森、哥尔斯密、蒲柏、司各特、拜伦、坎贝尔、华兹华斯、骚塞"，"历史，则休谟、罗林"，"至于小说，只读司各特就够了，他之后的一切小说均不足观"，等等。这些书籍构成了夏洛蒂的文学想象世界，她是带着这些书籍的基本情调来感知哈沃斯村的地理和风俗的，就像她 1835 年谈到妹妹艾米莉时所说："她的心能把青灰色山坡上的阴沉洼地想象成伊甸园。"据盖斯凯尔夫人观察，夏洛蒂画画时使用的是拉菲尔前派的精细工整的技法，却无视拉菲尔前派对"精确"的追求："她不是根据自然本身来画，而是凭想象来画。"

哈沃斯的“勃朗特化”

当然，将哈沃斯村迅速成为“文学圣地”的原因悉数归于《简·爱》——或加上当时名气稍逊的艾米莉的《呼啸山庄》——显得有些勉强，不如说是这个清教主义复兴的时代在中产阶级文化中形成的对浪漫主义，尤其是阴森恐怖的哥特式浪漫主义的情感向往在哈沃斯村找到了自己的投射目标：前往古风盎然的哈沃斯村的朝圣之旅，犹如重回《圣经》时代——在这里，地理的“蛮荒”意味着精神的充盈，意味着在人被“异化”的工业化时代“返璞归真”。与女社会学家马蒂诺一起来哈沃斯村探望夏洛蒂的一位女士所写的一封长信，典型体现了文学朝圣者对哈沃斯村的“浪漫化”：

> 尽管下着蒙蒙细雨，我们还是决意开始我们已筹划了很久的哈沃斯之行。于是，我们把自己裹进野牛毛大氅，钻进轻便两轮马车，在十一点出发。雨渐渐停了，此时的天光正与这一片蛮荒、凄冷的景致协调——大片大片的乌

> 云阴郁地悬在山头。透过乌云，这儿那儿，一束束阳光垂下来，给山坡上的荒凉的村子抹上一层神秘的柔光，或直射进幽谷，照亮某处房顶高耸的烟囱管，或在草甸以及蜷伏在谷底的磨坊的湿屋顶上闪烁。我们越接近哈沃斯村，四周就越显得蛮荒……

夏洛蒂在自家深红色调的会客室高兴地接待了她们——这座荒原深处的"文学圣所"内部却了无荒原色彩，正如来哈沃斯村朝圣的城市中产阶级男女的讲究的住宅。这个时代的中产阶级生活似乎分裂成内外两个部分：像中产阶级那样尽可能舒适地生活，同时幻想一种非中产阶级乃至反中产阶级的生活方式。为了让这种幻想附着于可见的物象，他们就要求工业或"现代"远离"浪漫之地"，并要求那里的乡下人替他们守护好其"原始性"，以便在自己过腻了城市中产阶级生活的时刻偶尔去那里感受一下原始的浪漫——而在盖斯凯尔夫人看来，这就阻碍了这些贫瘠的乡村地区的工业化和现代化，使其永远处在贫困之中。

不时有不速之客跑来敲牧师住宅的门，如 1850 年的某一天，一个狂热的朝圣者带着一条狗，踏上了从基斯利镇到哈沃斯村的乡村公路：

> 大约走了半个多钟头，我看见一条孤零零的路有点突兀地从大路支出去，爬上西边陡峭的山坡，大约朝上延伸

> 一英里，然后戛然而止，顶头耸立着教堂灰绿色的塔……我有生以来还从未见过比哈沃斯更单调、更忧郁的地方，没有生命的迹象，看不到贸易，也不见车辆行人。那些房子看上去愁苦不堪，假若石头也有一副冷酷心肠，那这里的石头就是如此。

与其说他没看见生命的迹象、贸易或车辆行人，倒不如说他宁愿没看见，只有这样才会产生他所期待的“单调、忧郁”之美。然后他走到牧师住宅门前敲门：“门开处站着女仆，她后面的楼梯上站着《简·爱》的作者。这是多浪漫的相遇啊，一个狂热崇拜天才的人和那个被他崇拜的偶像，他心中满是对文学、对文学的教士和女巫的炙热之火，急切踏上了来朝拜这个时代最有创造力的女作家的朝圣之旅，然后就见到了她。”

夏洛蒂去世一年后，国民教育家和督学马修·阿诺德到哈沃斯村巡视当地一所学校，并凭吊勃朗特姐妹的墓地——不过，《勃朗特姐妹：诸家评论集》的编者米里安·阿柯特根据阿诺德此后写给盖斯凯尔夫人的一封谈论自己的哈沃斯村之行的信中有“如此不幸的一家，连她们死后都葬在了错误的难以辨认的地点”一句，判断阿诺德弄错了勃朗特姐妹的墓地，或未去教堂墓地——写了《哈沃斯教堂墓园》这首诗，其中描绘了他走在那条通往哈沃斯村的乡村道路上望见的景致：

> 基斯利镇已在身后，道路

向上通往荒原的深处，
两边是灌木丛生、阵雨时来的山丘，
小煤车顺着山坡颠簸而下。
这是一个粗野、冷酷的族群的家乡，
那里，在山坡上，建起了
一座荒丘村镇，但教堂
伫立在山丘的怀抱，
孤寂而荒凉；在它近旁
是牧师住宅和墓园。

1857年盖斯凯尔夫人的《夏洛蒂·勃朗特传》出版，立即成为与当初《简·爱》的出版同等轰动的文学事件，并使哈沃斯村广为人知。但盖斯凯尔夫人似乎对作为作家的夏洛蒂显得犹豫，很少评价她的作品，而是浓墨重彩于她的生活经历和生活环境，从而将其“个人化”和“地方化”——这就像《简·爱》初版时，封面的书名在“Jane Eyre”下面注明“An Autobiography”，即“一部自传”，其实它并非“自传”。《夏洛蒂·勃朗特传》出版后，伦敦《文学周报》发表一篇书评，以无限伤感的口吻谈到哈沃斯村：“在约克郡荒原的深处，坐落着贫穷的哈沃斯山村的牧师住宅，它面对着村里的教堂，几乎被教堂墓地的密集的墓碑团团包围。在这所阴森的住宅里，夏洛蒂·勃朗特耗尽了她的生命，周围没有趣味相投和理解她的情感的人。”这是典型的哥特式浪漫主义的描写手法，对习惯了水晶宫一般通透的城市街道并自感生活平庸的中产阶级男女读者来说，它所激起的神秘感就像鸦片一样有效。纽约一家杂志也随即发表一篇长篇书评，不过末尾部分谈到："夏洛蒂生命的最后几年被络绎不绝来哈沃斯村的文学旅行者所包围。她已经名闻遐迩了。约克郡荒原上长出了才智的一家。邀请、敬意和崇拜像潮水一样涌向她。"裴斯蒂·斯通曼在《勃朗特神话》一文中写道：

> 在夏洛蒂还活着时，就已有人来哈沃斯一游了。他们来这里是为了感受一下这个地方出了名的偏僻，可能的话顺便瞅一眼夏洛蒂本人、她去世后还活着的父亲或他还住着的房子。甚至在帕特里克于1861年去世前，哈沃斯就已有从美国来的访客，他们读过国际版权协定出现前美国本地印刷的勃朗特姐妹小说的廉价版本。在帕特里克去世到新牧师就职这段间隔期间曾访问过哈沃斯的美国人查尔斯·黑尔带走了一包夏洛蒂房间窗户的玻璃以及形状完好的窗框木条，好拿它们做夏洛蒂的照片的相框——那时，一些有生意头脑的村民已在村里兜售夏洛蒂的照片。当得知基斯利—沃斯河谷铁路已在筹划中时，他的反应是"将来到哈沃斯朝圣的崇拜者们在路途不必那么艰辛了"。到1868年，W. H. 库克谈起哈沃斯的一些地方"因为这几位文学天才生活于此而被圣化了"，而哈沃斯教堂的《来客登记簿》则登满了来自地球各个角落的旅游者的名

字，到19世纪90年代，哈沃斯作为一个“文学圣地”的观念已经被建立起来了。

黑尔之所以能拿到夏洛蒂房间的玻璃和窗框，是因为那时新被任命来接替去世的老勃朗特先生牧师之职的约翰·华德正在对老教堂和牧师住宅进行改建，拆除了老教堂的主体部分，只保留了塔——塔上有喜爱枪械并在无聊时从窗口向外面的荒原射击的老勃朗特画的一排子弹——建造了一座与英国其他地方的教堂风格相似的新教堂。牧师住宅也按更加现代、更加舒适的风格加以改造。一个在1864年的某个傍晚骑马从基斯利镇来哈沃斯村朝圣的美国人在已换了主人的牧师住宅里依次看过“夏洛蒂去世的房间”“艾米莉写作《呼啸山庄》的房间”等之后，当地有人告诉他，他所看到的一切其实“已非从前的样子，改变如此之大，以至一年前熟悉它们的人现在都认不出了。护壁板全换掉了，书架也全不知所终；墙面贴了纸，挂上了画；天花板刷成了白色；地板换了地毯；所有以前的家具也全都换成新的了”。离开哈沃斯村前，他去荒丘采了一把帚石楠，又在自己落脚的客栈里买了三件有关勃朗特一家的纪念品。

《勃朗特之乡》的作者艾斯金·斯图加特写道：“哈沃斯人怎会允许老教堂被拆除，这谁都无法弄懂，因为它吸引了世界各地的朝圣者，给这座经济滞后的小镇带来了金钱和生意。”不过，根据这本1888年出版的书的一个注释，似乎黑尔——也可能是另一个“美国公民”——多年后又将夏洛蒂房间的窗子还了回来，安装在重建的牧师住宅的“夏洛蒂房间”的相应部位：“数年前，夏洛蒂的窗子被一位美国公民‘为了上帝的荣耀，愉快缅怀夏洛蒂’而安装上来。”话说回来，哈沃斯人当初之所以允许拆除老教堂，是因为他们感到新教堂更“现代”，他们一时还未意识到“古旧”在不久后兴起的寻幽访古的文学朝圣中是一笔雄厚的象征资本，可以带来源源不断的财富。

黑尔不是唯一一个从“文学圣地”带走一点“圣物”的朝圣者兼“古物收藏家”。有一段时间，哈沃斯村民会把他们能够弄到手的与勃朗特家有些关系的东西在朝圣者那里卖个好价钱：尽管“来‘文学圣地’朝圣的人络绎于途，而在粗野的村民看来，这儿没什么东西是神圣的”。根据 1868 年《钱伯斯杂志》上刊登的文章《冬季，在哈沃斯的一天》，作者 1867 年 1 月来哈沃斯村凭吊时，当地已出台“满足古物收藏家兴趣”的规定，他“只在哈沃斯邮局玻璃橱窗里见到了勃朗特一家的全部作品以及老帕特里克先生和哈沃斯教堂的照片”。显然当地人已意识到应保护“勃朗特遗产”了，尽管真正属于勃朗特家的东西早在 1861 年老勃朗特去世后，被他的女婿、已做了六年鳏夫的尼柯尔斯带到他的家乡爱尔兰的一个乡村小镇，“房间里摆满了勃朗特家的书籍，墙上挂满了勃朗特姐妹的画作”，而哈沃斯村成了一个空壳，正如克里门特·肖特所说：“勃朗特家的传统无疑完整保留在爱尔兰的这座小城镇里。”

1862 年年底，一位四五年前曾来过哈沃斯的朝圣者再次踏上朝圣之旅。他流连于村中及荒丘，却不忍走进那座“圣所”：“我早就对盖斯凯尔夫人传记中有关这座房子的描写熟谙于心，我怕进去看到一切已面目全非。”他在1867年发表的回忆文章《徜徉在哈沃斯一带的约克郡山丘》中一开始就谈到卡莱尔鼓吹的“英雄崇拜”，表示不太认可，但随即笔调一转：

> 尽管如此，我还是不得不屈从于崇拜那些我情不自禁地要崇拜的人的弱点。于是，我捧着四五年前第一次来哈沃斯时在哈沃斯教堂法衣圣器储存室买的夏洛蒂小照——我端详着有史以来最伟大的女性之一的这张面容，夏洛蒂·勃朗特的恬静沉思的面容，她活着是为了尽责和承受苦难——只因为这个瘦小而勇敢的女性，我的双脚就情不自禁地两度带着我翻越座座荒丘，来到偏僻的哈沃斯村。它如此偏僻，尽管它的名声早已无人不知，但直到几年前，它到底在哪里，还是一个谜。

常识告诉他哈沃斯是个丑陋的村子，但“一个丑陋之地，因为一个小妇人，而变得光辉夺目”。当他走在通往哈沃斯村的那条公路时，他在想：“经由这条路，你就可以到达哈沃斯，就像在巴勒斯坦，你可以到达圣城耶路撒冷。”夏洛蒂曾不止一次把伦敦称为“大巴比伦”，而在维多利亚时代的文学隐喻中，“基督教的罪恶城市意象（巴别城、索多姆、巴比伦和罗马城）与天国之城或上帝之城的意象对立”。

1893 年年底，布拉德福德市政厅举行会议，成立了勃朗特学会，启动了保护哈沃斯村的计划；翌年，设在哈沃斯银行二楼的勃朗特纪念馆开放。“人文地理”的设计更是致力于将哈沃斯村“勃朗特化”或“文学化”，例如《徜徉在哈沃斯一带的约克郡山丘》的作者 1857 年在哈沃斯村漫步时，就“观察到街两边招牌上的名字出自勃朗特姐妹的作品，例如写着‘恩肖’的一家小客栈供应味道相当不错的家常菜。你在这里所见到的一切，都让你产生一种神圣之感”。哈沃斯的“勃朗特化”或“文学化”很快蔓延：勃兰威尔在黑牛客栈坐过的那把椅子被命名为“勃兰威尔之椅”，勃朗特姐妹散步时喜爱在那儿驻足的一个小瀑布被命名为“勃朗特瀑布”，瀑布前的一块岩石被命名为“夏洛蒂石椅”，当然，村中商家更是以勃朗特家或勃朗特姐妹小说中的人物名字为自己的商铺取名，诸如“勃朗特织物作坊”“勃朗特停车场”等；随着哈沃斯村向山下和两侧蔓延，这种命名行为也扩大到周围一带，出现了“谢利街”“希斯克利夫街”“夏洛蒂街”“勃兰威尔道”“呼啸山庄公堂”等，连勃朗特姐妹的著作也有了“哈沃斯版”和“桑菲尔德版”。勃朗特姐妹曾变相地将哈沃斯村写入作品，如今哈沃斯村反过来模仿她们的作品，使自己“文学化”或“浪漫化”，以投合朝圣者对哈沃斯村的想象。

如果说在勃朗特姐妹笔下，那些显然取自哈沃斯村地理和风俗方面素材的描写通常意味着不太利于身体健康的贫穷、寒冷、大风、潮湿、瘴气、疾病以及不利于社会交往的“鲜明个性”，那么，在文学朝圣者那里，自然条件的恶劣和社会方面的劣势被“性格化”或“浪漫化”了，诸如“原始”“野蛮”“自然”“忧郁”“粗野”“蛮荒”“荒凉”“墓地”等词语在他们的美学想象中均能激发浪漫的诗意，为此他们甚至不惜夸大哈沃斯村不利的自然环境和社会环境，如强调其“偏远”（其实它离基斯利镇不到四英里）、“原始”（其实它有客栈、商铺、邮局，附近还有采石场、采煤场、毛纺厂）等。1883 年，尽管早已通火车，一个到哈沃斯村朝圣的旅游者依然采取步行的方式——当然，这是朝圣的惯例，但关键是，在他提供的哈沃斯村的画面中见不到铁路线和火车，尽管铁路与作为“朝圣之路”的那条公路平行，眼光都无法躲开（同样，勃朗特姐妹虽身处以铁路为标志的工业化时代，并多次乘坐火车，但她们的作品表现的依然是一个步行、骑马或搭乘马车的“前铁路时代”，似乎凡与现代沾上一点边的景象都缺乏诗意，是“散文”乃至“政治经济学论文”）：

> 我们是在 8 月中旬的一个柔和、灰色的早晨开始我们的朝圣之旅的。离开基斯利，我们立刻跋涉在那条通往哈沃斯的不断上升的路上。每往上走一步，我们就似乎把欢乐或愉悦之物抛在了后面；路两旁山丘上的树越来越稀疏，土的颜色越来越呈褐色；夹着路的两行矮树篱也渐渐让位于岩石垒成的护墙，上面连一点薄薄的沼泽植被都没有，完全裸露。若不是公路一侧有一溜小房子，山麓上东一处西一处分布着村落，那我们在这一片景致中所产生的

> 孤独之感将令人痛苦地感到压抑。在距哈沃斯大约两英里的地方，就能从公路上望见哈沃斯村，它看起来像是老鹰的巢，高挂在半山腰，背后是迅速上升的高沼地，随着地势升高颜色越来越深，越来越忧郁。不过，对夏洛蒂·勃朗特这样的人的灵魂来说，她的家就应该是忧郁的哈沃斯牧师住宅；这里既没有树的遮掩，也没有树的环绕，举目四望无一处足以令人赏心悦目；从它的窗子向外望，只能看见垣墙环绕的中间有一丛低矮的丁香的凄凉花园，再就是越来越向抑郁、寂静的高沼地蔓延的杂乱的、拥挤的教堂院子，那里常常有几道忽明忽暗的阳光，或者一团团雾气。再没有比这更阴郁、凄凉的景致了。

很难在哪个文学朝圣者的回忆中读到有关乘火车进入哈沃斯村的经历以及对哈沃斯村火车站的描写，即便他们有些的确是坐火车来的。1904 年，《坡尔·莫尔杂志》上的一篇文章在介绍“文学朝圣”时说勃朗特姐妹的出生地“桑顿村对那些想追寻或想象地再经历勃朗特姐妹的经历的人，肯定值得一游。从布拉德福德乘火车很容易到达桑顿——事实上，桑顿和哈沃斯两地乘火车均可在一天内轻松来回——尽管，几乎不用说，这并非朝圣的方式”。几乎每一个文学朝圣者在动身前往哈沃斯前，都对勃朗特姐妹的作品以及盖斯凯尔夫人和其他许多人所写的传记已然熟谙于心，因此，他们观察哈沃斯村的眼光以及使用的词语也早已内在于这种“朝圣传统”，而他们日后所写的朝圣文字又被叠加在这种传统上。前文提到的那位抱着狗贸然去敲夏洛蒂家的门的狂热崇拜者后来谈到：

自夏洛蒂令人悲痛地辞世后，哈沃斯村、它的风吹雨打的教堂和孤寂的牧师住宅常常被人用文字描绘下来，而且描绘得非常出色，而正是夏洛蒂凭一己之力才使得这个藏在深山不为人知的小村庄值得进入文字，也使我要在那业已堆积如山的描写之上再添上一份。不过，要完整而生动地描写夏洛蒂·勃朗特，却将其剥离出哈沃斯的地方色彩，那必定不会成功。因为哈沃斯的物质方面——深陷连绵不断、无边无际的荒草之中的那份孤寂荒凉，正是夏洛蒂的形象可被描画出来的背景，唯一的背景。哈沃斯是她的内在自我的一部分，是贯穿于她的所有作品的基调，也是她的风格的基础。设若勃朗特一家居住在英国其他任何村子，那么或许会出现一个夏洛蒂·勃朗特，但绝不会出现一个柯勒·贝尔。正是可见的、有形的哈沃斯及环绕其四周的连绵不断、杳无人迹的荒丘把年轻的勃朗特姐妹造就成了诗人——尽管她们的灵感并不服从诗的韵律，但依然是诗人——并赋予她们的精神气质以某种神奇的几乎超凡脱俗的色彩。哈沃斯将她们的天才呼唤了出来，并形成她们的成熟的创造性，最后又扼杀了她们。它是柯勒·贝尔的创造者，随后又是其谋杀者。

问题是，尽管盖斯凯尔夫人在《夏洛蒂·勃朗特传》中对哈沃斯村的描写很大程度上帮助确立了这种观察和描写哈沃斯村的传统方式，但她本人决无意将哈沃斯村“文学化”或“浪漫化”，因此，她的描写之于这种“传统”又是一种危险的颠覆因素——对此，哈沃斯村人在《夏洛蒂·勃朗特传》于1857年甫一面世，就立即意识到了。

盖斯凯尔夫人的“两个国家”

尽管在温暖的季节，从基斯利镇到哈沃斯村的公路上“文学朝圣者”络绎于途，但一俟冬日来临，这个位于高地沼泽的寒冷潮湿的山村就格外冷清，从半山腰的村子向上方蔓延的泥泞的荒地更是凄风苦雨，让人联想到《简·爱》中的一些类似场景：“那天不可能外出散步了。不错，清早我们在落光了叶子的灌木丛里逛了一个钟头。但从吃午饭的时候起（没有客人的时候，米德太太通常吃得早），凛冽的冬风就刮来了阴惨惨的乌云，下着寒意透骨的雨，不可能再有户外活动了。”在1846年12月写给朋友的一封信中，夏洛蒂谈到哈沃斯村冬季的天气：“这儿冷得可怕。我不记得以前是否有过这样一连串北极似的天气。英国或许真的滑进了北寒带。天空像冰，地上结冰，寒风锐利得像双面刀片。由于天气，我们全都患上了重感冒，咳个不停。”据当时的统计，哈沃斯村近百分之四十的儿童在六岁前夭折，全村人口平均寿命只有二十五岁，而经常光顾的肺炎和霍乱等传染性疾病是这种高死亡率的主要原因。不过，与哈沃斯村的"平均寿命"相比，勃朗特姐妹算是非常长寿了，尽管人们依然伤感她们那么年轻就一个个死去了。

但这种天寒地冻的季节，或许正是少数特意要赶在此时到那里寻找孤寂荒凉的文学感受的朝圣者动身的时刻。前面提到的《冬季，在哈沃斯的一天》一文的作者详细记述了自己1867年1月在哈沃斯村盘桓一天的所见所闻。他先是在寒风刺骨的荒丘之巅俯瞰着半山腰的哈沃斯村，然后沿着积雪的陡峭山坡下到哈沃斯村，在当地一位向导引导下，流连于他认为必须一看的"文学地点"——哈沃斯教堂、牧师住宅、夏洛蒂墓地、黑牛客栈等。并非意外的是，这位朝圣者似乎也没留意到山脚下行将竣工的作为哈沃斯村有史以来最大现代工程的火车站——竟无一句提及，仿佛提到铁路和火车，就会破坏这里的孤寂荒凉之美。向导递给他一本《来客登记簿》，他看到"里面已经有数千个名字。在夏季，几乎每天都有非常渴望看一看勃朗特家的旅游者来哈沃斯，其中大部分来自美国……去年，来哈沃斯的旅游者中，有一个从罗马来的据说由美国女士和意大利绅士组成的艺术家团体。他们在村中客栈住了两天，画教堂、牧师住宅和高沼地上面的瀑布——后者是夏洛蒂最喜欢并常去的地方；后来他们又从哈沃斯去了伯斯托尔村，在那儿把与他们崇拜的偶像哪怕只有一点关系的地点都看了个遍"。这本《来客登记簿》还显示"萨克雷、爱默生、霍桑、马蒂诺小姐、盖斯凯尔夫人以及其他一些享有世界名声的男女也在哈沃斯的陡峭而弯曲的街道上流连过"。

但这位作者谦逊地认为自己哪怕使出全部才情，也“无法向读者栩栩如生地描绘哈沃斯，使之有如在眼前之感。盖斯凯尔夫人也曾尝试过，但也失败了。夏洛蒂·勃朗特本人以其大师手笔，曾零星描绘过这片景致，但即便是她也无法完整呈现它的忧郁、悲寂与壮丽”。他曾仔细读过盖斯凯尔夫人的《夏洛蒂·勃朗特传》，在流连于哈沃斯村各个角落时一直拿这本传记与实地进行对比，指出其中一些细节错误。但很难说是盖斯凯尔夫人出了错，时间过去了十年，哈沃斯村也发生了变化，这些错误远不足以判定盖斯凯尔夫人的描写“失败了”。他大有可能受了当地向导的影响。向导曾与勃兰威尔有过交往，一个劲地替他辩护：“的确，他的结局很悲惨，但盖斯凯尔夫人没弄清个中情形。哈沃斯人一点都不喜欢盖斯凯尔夫人。对她有关勃兰威尔先生的描写，大家感到非常不痛快，她还说什么村里人怂恿勃兰威尔喝酒……”这还不是主要的。虽然盖斯凯尔夫人也像文学朝圣者一样使用“粗野”“荒凉”“灰暗”等词语来描写哈沃斯村，但她并未从中发现美，她看到的是赤裸的贫穷、愚昧、过多的死亡和当地居民性格上爱冲动而又自满顽固的弱点——不幸，她还将这些描写从哈沃斯村扩展到了整个约克郡。这就大大冒犯了约克郡人的尊严。约克郡人哈顿 1880 年谈到那本传记时怒气还未消减：“在那本书中，我们发现许多对哈沃斯人的总体性格的不当描述，事实上，盖斯凯尔夫人之所以画出这么一大片黯淡的背景，据说只是为了让勃朗特一家从背景突出来，置身耀眼的光线下。”

盖斯凯尔夫人是应老勃朗特先生之邀写作《夏洛蒂·勃朗特传》的。在接受这一委托后，她以自己一贯的实地调查的严谨风格，广泛征集夏洛蒂与他人的来往书信，还对夏洛蒂足迹所至的几乎任何地方都进行了走访，甚至漂洋过海到了比利时的布鲁塞尔。传记于1857年春出版后，为了消除写作的疲劳，她就远赴意大利旅游去了。尽管一开始老勃朗特及其他一些读了这部传记的人对其感到满意，但很快传记就遭到来自约克郡的激烈批评。等盖斯凯尔夫人返回曼彻斯特家中时，她发现有一大堆律师函等着她。她因写作这本传记而惹上诸多麻烦了。种种指控之下，《夏洛蒂·勃朗特传》的出版商“只好赶紧追回尚未售出的那些书，以至该书第一版成了稀有版本”，而盖斯凯尔夫人也被迫对初版的争议部分进行了修改。

在勃朗特三姐妹蜚声文坛并随即先后辞世之后，约克郡人开始将她们一家视为本郡的骄傲和荣誉，因此他们——甚至包括听信了他人的批评的老勃朗特及尼柯尔斯——发现自己不能忍受盖斯凯尔夫人对勃兰威尔的描写。这个曼彻斯特女人似乎受了环境决定论的影响，认为“要正确了解我的朋友夏洛蒂·勃朗特的生平，读者尤须先熟悉一下她早年生活于其中并给她们姐妹留下最初烙印的人群和环境的特征”，遂在该书第二章以二十四页的篇幅就“哈沃斯及其附近地区”的民风和民性说了一些在当地人听来简直就是侮辱的话，诸如“自满而排外”“属于精明而短视的一类”“对外人缺乏信任以及行事鲁莽，居然被他们视为美德”“的确，在这个粗野的人群中，几乎见不到任何礼仪”“他们的搭讪唐突失礼，说话的口音与语调锐利刺耳”“他们追逐起金钱来犹如猎狗”“这些人精明而狡猾，行善时忠笃，作恶时则残暴”，他们“离群索居的生活只会滋养幻想，直到幻想变为疯狂”“别指望那里的下层阶级的娱乐会比有钱的受过教育的阶级的娱乐更高尚”“豪饮而不醉，被他们视为男子汉应有美德之一”等等。这些性格弱点，经过勃朗特姐妹的描写，就变成了“个性”，而“个性”正是浪漫主义美学的一个关键词。

更令约克郡人恼火的是，盖斯凯尔夫人居然采用“山那边”的兰开夏郡人的视角来描写“约克郡人的特征”，传记开篇便说“即便是邻近的兰开夏郡的居民也会对约克郡人所表现出来的独特的性格力量感到吃惊”。克里门特·肖特在1908年出版的《勃朗特一家：生平与书信》中以不少篇幅谈到这一争论，说“约克郡人与兰开夏郡人之间向来存在一种相互妒忌的嫌疑”，“约克郡人反感一个好心的兰开夏郡女士带着一种庇护人的怜悯口吻来谈论约克郡。他们申辩说，他们可不是盖斯凯尔夫人在那本书里所描绘的那种不知文明为何物的蛮子”，“比起曼彻斯特附近的一些区来，这一带算得上是一个天堂”。他们断然否认勃兰威尔与罗宾逊夫人有染，说“勃兰威尔只是在鸦片的作用下胡诌了几句与罗宾逊夫人有染的话，这虽与事实不符，但他的姐妹们却当了真，既为女人，自然就把另一个女人看作是毁了她们亲爱的兄弟的祸根，并且使得自己的密友们都信以为真”，而“盖斯凯尔夫人轻率接受了这一不很可信的指证，这只能归因于以下这一看法，即作为小说家，她对运用‘坏女人’理论创作浪漫故事有一种小说家的满足”。

没有比这最后一项指控更与事实不符的了——相反，夏洛蒂倒是经常利用“坏女人”理论来创作浪漫故事，如《简·爱》里的“疯女人”、《维莱特》里的贝克校长——因为作为一个有着明确现实主义创作意识的社会问题小说家，盖斯凯尔夫人向来反对浪漫主义的夸张和想象，她可不像夏洛蒂那样沉迷于司各特的具有哥特风格的浪漫和冒险作品，对废墟、古堡、贫瘠的农田、荒凉的山、贫苦的农民也不会产生多少诗意的联想。在出版《夏洛蒂·勃朗特传》的前一年，她刚出版小说《北方与南方》，将迪斯累利在《西比尔，或两个国家》中提出的英国社会已分化为两个彼此隔绝的“国家”的观点进一步引申，并加以地理化。当《西比尔》中的艾格蒙特说“维多利亚女王统治着有史以来最伟大的国家”时，那个“年轻陌生人”讥讽道：

> 您说的是哪一个国家？她可统治着两个国家呢……是的，她统治着两个国家，它们彼此之间没有交流，缺乏同情，对彼此的习惯、思想和情感完全无知，似乎是地球上不同地带的居民，是来自不同星球的居民，有着不同的教养，吃着不同的食物，受不同生活习惯支配，不受同一法律约束。

此即“富人和穷人”这“两个国家”，同于卡莱尔1832年在《旧衣新裁》中所说的“两派”，即“纨绔子和劳作者”，并且，卡莱尔在为1869年版增补的各节前言中担忧地说：“这两派的势力一天天扩展，直到它将整个英国一裂为二，发生可怕的冲突。”与盖斯凯尔夫人同在曼彻斯特并且同样致力于考察工人阶级状况的恩格斯在1848年与马克思合著的《共产党宣言》中写道：“整个社会日益分裂为两大敌对的阵营，分裂为两大相互直接对立的阶级：资产阶级和无产阶级。”

盖斯凯尔夫人的“两个国家”则地理化为工业化的“北方”与前工业时代的乡村的“南方”。不过，这只是就英国的整体而言，由于盖斯凯尔夫人以“工业”和“乡村”对举，那么“北方”与“南方”的分界线仅是粗略穿过英格兰中部，分开“进步的北方城市与怀旧的南方乡村”，但它还有“微观地理学”层面，在工业化主要见于大中城市的北方，也大量存在工业的“化外之地”，例如约克郡山区之于西边的曼彻斯特，乃至哈沃斯村之于四英里外的基斯利镇：当盖斯凯尔夫人从基斯利镇下火车，踏上前往哈沃斯村的乡村公路时，她就在穿越“北方”与“南方”的分界线。这正是雷蒙·威廉斯在《乡村与城市》中以“城市与乡村”取代“北方与南方”或“两个国家”的原因，他说：“在‘乡村’一词上，人们赋予自然的生活方式的观点：宁静、天真、道德质朴。在‘城市’一词上，人们赋予人为建立的中心的观点：学问、交流、光明。然而一些敌意的联想也渐渐滋生：城市作为一个喧嚣、世俗和野心勃勃之地，乡村则为落后、无知、局限之地。”实际上，“北方”与“南方”从一开始就变成了维多利亚时期用来描述社会分裂的核心隐喻，其引申意义非常广泛，如唐纳德·霍恩在《上帝是英国人》一书中所搜集的：

> 在“北方隐喻”中，英国是讲究实际的、注重经验的、精于计算的、清教的、资产阶级的、有事业心的、有冒险精神的、崇尚科学的、严肃的，相信以斗争手段达到目标……在“南方隐喻”中，英国是浪漫的、无逻辑的、混乱的、非凡俗地祥和的、国教的、贵族化的、守旧的、繁文缛节的，相信秩序和传统。

若将“北方与南方”隐喻进一步“语境化”，那么，在 1815 年到 1846 年间，“北方”与“南方”又大致可区分“自由贸易”（反《谷物法》）与“贸易保护”（《谷物法》）、“自由主义”（《改革法案》）与“保守主义”（反《改革法案》）等。只有在这种既是地理的又是社会的、政治的、经济的、文化的和审美的意义上，才能理解盖斯凯尔夫人为何使用令约克郡人感到受辱的词语来描写“哈沃斯及其附近地区”。对她这个“北方”人来说，地处北方的“哈沃斯及其附近地区”也属于“南方”。盖斯凯尔夫人同情夏洛蒂一家的不幸，尊敬她的个人奋斗以及对家人的责任（这当然是“北方”性格），并在书中对之浓墨重彩，但对夏洛蒂在其小说中显露出来的乡村浪漫主义美学趣味则几乎三缄其口，极少给出自己的评价，而是大量引述夏洛蒂与文学批评家和出版商的来往书信、报刊文学评论等，且赞美和批评联袂而出，让读者自己判断。她在传记中谈及《简·爱》时说："我并不想就本传记读者谁都熟悉的一本书写一篇分析；更不想就这部问世时默默无闻但很快就被舆论大潮从默默无闻中抬起并高高地、稳妥地供于不朽的名誉之山的作品写一篇批评。"传记末尾又说："我没法衡量和判断一个像她这样的人物，没法像绘制地图那样勘察出她的缺点、优点及争议之处。"

尽管盖斯凯尔夫人对夏洛蒂的美学趣味不予评判，但夏洛蒂将北方贫困乡村浪漫化，却是盖斯凯尔夫人所反对的。《简·爱》在约克郡人那里激起了巨大的感激和骄傲，因为夏洛蒂这朵"荒原之花"把一向遭到外郡人尤其是城里人蔑视的约克郡的地理和民风赋予了一种诗意，于是野蛮粗鲁就变成了一种鲜明的文学性格。不仅约克郡人，就是与约克郡西边荒丘连为一体因而属于同一类群的兰开夏郡东边的人，也感到夏洛蒂的小说再现了他们隐蔽的渴望。几个兰开夏郡乡村贵族不顾上了年纪，翻山越岭来到哈沃斯村朝圣，然后邀夏洛蒂去拜访他们，于是，夏洛蒂就在连绵群山之间跋涉，去看那座"坐落于苍老的山和树木之间的废墟和旧宅"，尽管这艰难的山路让她"头痛欲裂、身体发虚、眼睛流泪"，但"这宅子很投合我的趣味，它有近三百年的历史了，灰暗，壮观，如画"。1850 年 3 月夏洛蒂在致乔治·史密斯的信中谈到她的兰开夏郡东部之行："令我困惑的是，在南方人反对我对北方生活和习俗的描绘时，约克郡人和兰开夏郡人却赞同。他们说正是粗野的自然与高度人工化的文明的对比，构成他们的主要性格特征之一。”夏洛蒂的“社会地理”拘泥于行政区划，未能在“城与乡”的意义上细分，而实际上，反对她的那些南方人可能是文化上的“北方人”，而赞同她的那些北方人却可能是文化上的“南方人”。

基督教社会主义者的眼光

勃兰兑斯谈及英国浪漫主义运动时，说其特征是“以强烈的民族主义情绪代替世界主义”，“曾经在18世纪使社会的上层阶级为之倾倒的法国的影响，这时已经被扫到一边。古典派的最后一位诗人——蒲柏，在年轻一代的眼中再不能长期保持大师的地位。他们开始揪这个小老头精致的假发，践踏他花园里整洁的花坛了”。英国浪漫主义一开始就与英国源远流长的“自然主义”血脉相连，以至勃兰兑斯说在英国变成一个浪漫主义者“便意味着变成一个自然主义者”：“这个时期的几乎全部英国诗人，不是乡下人就是水手。英国的诗之女神从远古以来就是乡间别墅和农庄的常客。”同时，这种文学自然主义又与英国源远流长的封建制度息息相关。贵族大地主们的社会基础主要在乡村，那里有他们的庄园、采邑和农民，他们以乡村来制衡城市权力，不仅培养了一种独立不羁的性格，而且将乡村描写成一个有益于人的身心强健的自然之地。他们——或者说乡村的文学代言人——几乎是以风景画家的眼光来观察和描写乡村的每一细节，使之文学化或浪漫化，仿佛一旦发生政治改革，田园诗般的乡村就会消失。

法国大革命并没有很快触及英国的社会结构，但英国本土发生的工业技术革命却对乡村构成致命威胁。伴随着技术革命及工业革命，在城市崛起了一个日益壮大且危及土地贵族统治地位的中产阶级，这个阶级在“自由贸易”的旗帜下要求拆除一切地方的、封建的藩篱，将乡村作为城市的附庸。1815 年，托利党的贵族地主们还有能力迫使议会通过《谷物法》，以抵御欧洲大陆更加廉价的谷物进口，但到了 1846 年，资产阶级的辉格党人却能迫使议会废除《谷物法》，为自由贸易松绑；不仅如此，他们还发起要求选举权的运动，并通过议会二次《改革法案》获得成功。权力重心渐渐从乡村偏移到城市。

19 世纪 40 年代的“铁路狂潮”更使“乡村”渐渐退守到偏远之地，而铁路沿线随即出现片片浓烟滚滚的工厂区。当农民们纷纷离开乡村，拥向城市的工厂去寻找他们的生计时，浪漫派诗人们却逃遁到了“湖区”，而他们分散的精神同盟则从各处栖身的乡村发出同样的反对工业、现代、资产阶级的声音。马克思和恩格斯 1848 年谈到英国乡村贵族在 1846 年议会改革中“被可恨的暴发户打败”后，“他们还能进行的只是文字斗争”，并突然装出“似乎他们已经不关心自身的利益，似乎只是为了被剥削的工人阶级的利益，才声讨资产阶级”的姿态，“这样就产生了封建的社会主义，其中半是挽歌，半是谤文；半是过去的回声，半是未来的恫吓；它有时也能用辛辣、俏皮而尖刻的评论刺中资产阶级的心，但是它由于完全不能理解现代历史进程而总是令人感到可笑”。

老勃朗特牧师是一个托利党人，当然赞成《谷物法》，尽管廉价的进口谷物可以使饥饿的下层阶级多一点面包。他的妻子（夏洛蒂之母）玛丽亚，这个来自比较富裕的家庭的女子则写了一篇题为《贫穷在宗教方面的优势》的论文，登在报刊上。论文开门见山地写道：“贫穷如果不是绝对地那也是被普遍地视为一种罪恶，而且不仅它自身是一种罪恶，它还带来一连串数不胜数的其他罪恶。然而，这难道不是一个错误的观念——那些我们在世人那里经常听到的流行的且被认为毋庸置疑的错误观念之一？”玛丽亚则反其道而行之，认为富裕才会使人堕落，因为人的欲望没有穷尽，而“贫穷也许是远离焦虑和不满的状态，它摆脱了骄傲和野心，提升了基督教观念和情感以及心灵的全福”，“每个穷人或许都是一个有宗教感的人”。不难在《简·爱》中找到这篇论文的文学版，即简·爱对她的主人罗切斯特说的那段著名的“宣言”：“你以为，就因为我贫穷，低微，相貌平平，矮小，我就没有灵魂，没有心吗？你想错了！我跟你一样有充实的灵魂，一样有一颗丰满的心！”这份“平等宣言”当然体现了民主精神，但问题是，在简·爱眼中，凡是有钱、身份或美貌的人，除了她自己心仪的罗切斯特以及她自己的朋友们，其他人几乎都被描写成道德有亏的人。我们从《简·爱》中看不到除她自己之外的他人的视角。

尽管简·爱对洛伍德学校总管勃洛克赫斯特先生没有好

感，但她也是这位总管或她自己的母亲玛丽亚的教育理念的温和实践者，认为贫穷才是美德的基础。这种“惩罚肉体以拯救灵魂”的说教会使人变得冷酷，它一方面以此安慰自己的苦难，一方面对他人的苦难无动于衷，甚至认为那是使灵魂得救的不二法门。实际上，浪漫主义在冷酷中发现了一种诗意的性格。这种对贫穷和“自然”的道德奉承，一定会扩大为对贫穷地区的美学奉承。由于这种“封建的社会主义”或者说英国浪漫主义将资产阶级描述为经济上贪婪、文化上平庸之人，它就使得一切与“生产性”相关的东西在美学上沦为平庸丑陋之物，而把“贫瘠性”抬升到令人眩晕的美学高度。按浪漫主义的理论祖师爷康德的说法，“美是无功利性的观照”，如果面对一处峭壁断崖，你没联想到壮美，却嘀咕着收成，那你就和市侩一样庸俗了。在浪漫主义者那里，硕果累累的果园因令人联想到“贸易”肯定不如一片荒原那么富有诗意，这就像令人联想到“生产性”的健硕丰满的女人不如瘦小的女人（瘦小的简·爱或夏洛蒂总把“丰满、高大”的女人描写成坏女人），山谷里的工厂不如荒原顶上的废墟，伦敦的“水晶宫”不如苏格兰的古堡——说到作为1851年伦敦万国工业博览会展馆的“水晶宫”，一座本身就是当时最为现代的设计理念和建筑材料的结合的巨型建筑（主管设计的是喜爱摆弄机器的阿伯特亲王），一个被许多英国人引为骄傲的巨大现代工业象征，夏洛蒂的评价却不高，说“那是令人惊异、激动而迷惑的景象，是魔怪宫殿和大型市场的混合，不太合我的口味”。盖斯凯尔夫人也像夏洛蒂一样不喜欢“水晶宫”,但理由不同:她在那里只看到科技和商业制造的与普通人没有关系的奢侈。作为伦敦以及曼彻斯特的“访客”,夏洛蒂对工业城市伦敦和曼彻斯特并没有过多描绘,偶尔提到“尘埃”“烟雾”,但每次旅行归来,她立即就感到哈沃斯村是人间天堂,例如1851年7月1日她从伦敦中经曼彻斯特(应盖斯凯尔夫人邀请,在曼彻斯特停留两日)返回家乡之后,给伦敦的史密斯先生写信,说哈沃斯村与曼彻斯特形成一种“对照”,“在这种明媚的夏日天气中,哈沃斯的家也不会显得阴郁;它很宁静,当窗子打开时,我能听见从花园的某处荆棘丛那里传来的一只或两只小鸟的鸣啭”。假若说从打开的窗子听见不远处的小鸟的鸣啭并非一种多么稀罕的体验的话,那么,当它被置于哈沃斯村与伦敦或者曼彻斯特的“比较”中时,就成为一种浪漫的“乡村生活”的隐喻了。

尽管雷电、暴雨、湿雾、呼啸的长风、泥泞的道路、阴森的古堡以及长满帚石楠的荒原可以成为浪漫派文学艺术家安置他们情感热烈的人物的理想环境,可对一个普通的哈沃斯村民来说,他宁可整个地区一马平川,交通四通八达,而不是横亘着重重“龙盘虎踞似的峭壁断崖”,而且一直风调雨顺,连片庄稼长势喜人,洼地里的工厂区烟囱林立——这幅景象,对关注贫困问题的人来说,可能充满伦理意味和视觉美感,但对浪漫主义者来说却显得过于平庸、乏味、丑陋,因为浪漫主义美学的一个特征是“非生产性”:所谓“风景”,就是那种不使人产生营利性联想而仅仅作为内心力量的象征的地貌;对它来说,土地从来就不意味着收成，而是观赏和沉思的对象；土地越是缺乏生产性，就越是远离世俗的利益。这也是浪漫主义者喜欢徜徉于湖区、荒原、沙漠等尽可能远离生产活动的偏僻之地的原因。出于同一种“贫瘠”的美学原则，浪漫主义者甚至厌恶古希腊的象征着旺盛生殖力的丰满女人雕像，而偏爱中世纪绘画中那种消瘦的人形。脸色红润、身体健壮被认为是乡下姑娘的特征，而苍白和柔弱则被认为是高贵女子的身份证明。在这种极端的情形下，甚至病态乃至某些疾病本身（如肺炎、肺结核）都被赋予了美的色彩。浪漫主义美学通过把一切事物——从地貌到市貌，一直到人的体貌——按照它自己的美学价值等级进行编码，形成一种具有强烈排斥性的美学意识形态。

尽管夏洛蒂不像浪漫主义文学前辈那么走极端，且投资于铁路股票，但她在文学作品中却以乡村浪漫主义的眼光看待现代工业、科技以及城市。这与秉持文学现实主义并赞同莫里斯和金斯利的基督教社会主义的盖斯凯尔夫人不大一样。勃朗特姐妹把哈沃斯教堂背后长满帚石楠的高沼地作为徜徉和梦想之地，但面对同一片地理，盖斯凯尔夫人却像一个经济状况调查员那样计算它的每一条溪流、每一道山梁的经济价值。这种计算性的眼光，当然不是一个浪漫主义者的眼光，却也不是一个资本家或者政治经济学家的眼光，而是一个关注贫困问题的基督教社会主义者的眼光。

将荒原的忧郁从荒原自身剥离

盖斯凯尔夫人最初开始创作小说是为排遣失子之痛。她本想以时髦的浪漫主义风格写一部小说，故事地点设在约克郡的边境乡村。她在 1848 年为出版的《玛丽·巴顿》作序时写道：

> 三年前，我急于(原因我不愿多说)让自己沉浸在一部小说的创作中。我生活在曼彻斯特市，但我对乡村有一种深深的兴趣和由衷的羡慕，我头一个想法，是在某个乡村场景为我的小说找到一个框架。我已写了一些章节，时间设在一个多世纪前，地点则选取约克郡的边境。但我突然想到在我生活的这个城市的忙碌街道上那些每天与我并肩走着的人们的生活里埋藏着多深的罗曼史啊。我本来就对这些破衣烂衫的似乎命该挣扎在工作与匮乏之间的人们怀有深深的同情，比起其他人，他们程度更深地被社会环境抛来甩去……我越是思考被同样利益捆绑在一起

> 的两类人——雇佣者与被雇佣者——之间的不愉快状态，我就越是急切地想替那些充满痛苦的沉默的人们发出声音。

这种对他人的苦难的关注，使她能够客观观察并描写一切。盖斯凯尔夫人的"工业小说"描绘的是工业区的劳资矛盾，而她的观察方式是"档案记录人"的方式，连茶会的各种食物价格也不放过，以至雷蒙·威廉斯说她采用的是"实录方式"。但盖斯凯尔夫人并不认为工人阶级的"捣毁机器"和浪漫主义者的"退回乡村"能解决贫困问题。她不会以浪漫主义的方式来想象乡村，她眼中的乡村和工厂区一样被贫困所缠绕。1855年盖斯凯尔夫人为传记写作搜集材料而去哈沃斯，当马车在约克郡山区颠簸时她却在思考：

> 男耕女织，这种观念看起来挺有诗意，但如果这种生活方式出现在我们的时代，而我们也能从那些活生生的人嘴里听到实情，那就只是严酷的细节——乡人的愚笨与商贩的精明混杂在一起——以及毫无规则、无法无天，它们玷污了天真淳朴的田园幻象。每个时代都会有这种溢美、夸张的特点，即把过去的时代赋予最为生动的回忆，但在我看来，当这种社会形式和生活方式颇为普遍时硬说它们不适合那个时代，是不对的，但它们带来的弊习和世界的逐步进步将使它们永远成为历史。

她对浪漫主义美化农村和穷人同时贬低城市、工厂和工厂主不能认可。如果“浪漫”只是一种主观感觉，那么，浪漫主义者认为工厂和资本家是丑陋的、异化的就只是在表达他们自己的偏见。但长久生活在工业城市并且经常在工厂主与穷人之间打交道的盖斯凯尔夫人能够发现“工厂和工厂主的浪漫一面”，而城乡的贫困问题的解决要依靠“科学与人道的融合”。换言之，盖斯凯尔夫人认同消极论者对工业化和城市化过程中出现的大量社会问题和环境问题的批评，但不认为返回“过去”是解决这些问题的方式，尤其反对通过浪漫主义来美化“过去”。杰罗姆·莫基尔说：

> 盖斯凯尔夫人认为，工业技术将给诗和文化带来裨益；它将帮助人类实现最狂放的幻想，要么就终结它。诗人们所梦想的黄金时代是在将来。盖斯凯尔夫人将其笔下的南方某地命名为地狱石，竟逼得狄更斯居然用某一丑陋矿区的名字来称呼一个北方城市。她所描绘的具有代表性的北方工业社区取了英国最伟大的史诗诗人的名字，这是她认为未来的事态并非“缺乏诗意”的进一步证据。

将“激情”和“想象”“诗意”抬高到评价文学艺术的最高尺度的夏洛蒂着意的是鲜明的未曾被礼仪社会所驯化的“个性”，而盖斯凯尔夫人着意的是现实的贫困问题，这不仅指她在工人区从事慈善活动，更指她试图为“沉默的一群”代言。“政治经济学”

一词在夏洛蒂笔下意味着平庸、丑陋和乏味，她的情调是反现代的。盖斯凯尔夫人同样对政治经济学不满，但那是出于对作为政治经济学核心原则的“自由贸易”的失望，因为这只“看不见的手”并没有消除它曾乐观地许诺要予以消除的社会贫困，反倒加剧了社会的贫富分化。她在《玛丽·巴顿》的序言中说：“我对政治经济学或贸易理论一无所知。我在写作中追求的仅是真实而已。如果我的报道与某种理论体系相合或相违，那并非有意为之。”在1853年2月致蒙克顿·密尔斯的信中，她又谈到“浪漫”对“真相”的伪饰：“我努力使故事本身和写作过程尽可能平静，以使‘民众’不会说他们只看到浪漫的情节或夸张的写作而看不到作者感受到的平凡而严肃的真相。”在她看来，“不应把调节社会关系的机制委诸市场的盲目力量，而应寄托于人性的伦理力量”。她寄希望于基督教社会主义的“互助运动”，而她本人则是一个躬行者，长期在曼彻斯特的工厂区从事慈善活动。伊丽莎白·萨毕斯顿在一篇论文中写道：

> 没人指责盖斯凯尔夫人对曼彻斯特工人阶级缺乏热情……许多批评家说，维多利亚时期所有小说家中，她生活得与她所描写的那个世界最近，这与狄更斯不同，狄更斯以一种过于感伤的如果不说是滥情的方式对待工人阶级，如在《艰难时世》中。盖斯凯尔夫人生活在由李嘉图、亚当·斯密及曼彻斯特经济学的自由贸易政策所塑造的曼彻斯特市，很早就学会以同情但现实的眼光看待工人和

> 工厂主、女纺织工甚至“堕落女人”的优缺点，正如格林所说：“她的作品是为她的良心服务的。”事实上，她对曼彻斯特生活的描绘如此恰如其分，以至卡斯琳·蒂诺托森及其他一些人将它与恩格斯对这个城市的分析等量齐观。

浪漫主义由于强调“个性”，并将“激情”和“诗意”赋予“个性”，就势必陷在个人的主观性中。这一点，已见于夏洛蒂对奥斯丁的评价。刘易斯之所以推崇奥斯丁，并将她作为与莎士比亚并立的伟大艺术家，是因为她像莎士比亚一样具有“戏剧”天分，让所有人物说话，而不是只有一个视角，即作者自己的主观视角。与夏洛蒂或其他文学浪漫主义者执着于自己的主观性并以之为绝对之是不同，盖斯凯尔夫人在观察风景和人的时候时刻警惕自己的主观性被伪装成“客观性”，这使她更能深入体会他人的需要。伊瑟·查德威克公正地评价说“作为一个妻子和母亲，盖斯凯尔夫人一直远离夏洛蒂后来情不自禁地陷入的那种自我中心”。这种“非自我中心”使盖斯凯尔夫人能够消解“我”而替“他们”代言，她不可能像夏洛蒂那样在每一页都写上大量的“我”。难怪弗吉尼亚·伍尔夫称夏洛蒂为“一个自我中心的、自我为限的”作家，说她的作品满篇都是色彩强烈的主观之词——“我爱”“我恨”“我受难”等——时刻指向个人传记意义上的“我”。

如果盖斯凯尔夫人在前往哈沃斯村的路途上想的是贫困问题，那就不能指望她像“文学朝圣者”那样将“哈沃斯及其附近地区”染上一种忧郁的浪漫情绪。1853年9月，盖斯凯尔夫人从曼彻斯特乘火车到基斯利镇，下车后，租一辆轻便马车，第一次踏上前往哈沃斯的那条乡村公路：

> 基斯利是一个新兴的毛纺城镇，处在群山间的一块盆地上——与其说是真正的盆地，不如说如约克郡人所称呼的是“洼地”。我离开基斯利，乘一辆马车前往哈沃斯，有四英里远——粗糙、崎岖、坑坑洼洼的四英里路。道路在波浪般的群山之间蜿蜒，举目四望，山在地平线上跌宕起伏，曲折蜿蜒，连绵不断，宛如北方传说中的那条缠绕地球的巨蛇的一部分。天色呈铅色；道路沿途有些采石场；一排排灰暗、丑陋的石砌房子属于这些工厂；然后我们下到了贫穷的、贫瘠的田野——到处是石垒的垣墙，四处却不见一棵树。哈沃斯是一个长条形的散乱的村子。

这完全是一幅不带主观情绪的素描。在写作《夏洛蒂·勃朗特传》期间，为实地调查，盖斯凯尔夫人又来过哈沃斯村几次，依然在基斯利镇下火车，不指望在这座工业城镇里看到“生动的色彩”，然后雇了辆马车，沿着那条土路，一路颠簸朝哈沃斯进发，“本能地希望在乡村看到一些鲜艳生动的景象”，但马上就失望了。下面这段文字，是她对数次哈沃斯之行的路途观感的综合：

从基斯利到哈沃斯的路上，看见远近所有的东西都带着一种本有的灰色，多少让人感到有些失望。路长约四英里，正如我前面所说，这里分布着别墅、大毛纺厂、一排排工人宿舍，即便东一处西一处还有些老式农舍及其附属建筑，也很难把这四英里路的沿线一带称作“乡下”。前两英里路还算平坦，左边是连绵的远山，右边有条“小溪”穿过草甸，为两岸零星的工厂提供水力。这些居民区和工厂区散发的烟雾使天空暗淡无光。河谷（本地方言叫作“洼地”）的土壤肥沃，但随着道路升高，草木渐渐稀疏，与其说在生长，不如说在勉强生存。住户四周不见大树，只有一些乔木和灌木。四处都是一些石垣，不见树篱。东一片西一块的可耕地里长着庄稼，是燕麦，长得弱不禁风、缺乏养分，呈灰绿色。离着哈沃斯村两英里远，旅行者就可从路上望见它，它升起在正前方，因为它坐落在一个较陡的山坡上，背后是一大片毫无生气的向山顶蔓延而去的紫褐色高沼地，比建在村中那条又长又窄的街道的最高处的哈沃斯教堂的尖顶还高。举目四望，地平线上都是这种蜿蜒的波浪般起伏的山脉勾勒出的相同线条，而从这些山脉的山口望出去，望见的还是山，颜色和形状全都一样，顶部也是蛮野荒凉的高沼——面对这无穷无尽的荒凉，是因它们投合那些有关孤寂和孤独的观念而感到壮丽，还是因它们唤起一种为单调和无边的障碍所困的感觉而觉得压抑，就要看观者处在何种心境中了。

盖斯凯尔夫人将荒原的忧郁从荒原自身剥离开去：那只是观看者的观念，而非事物本身。切斯特顿在一篇文章中称夏洛蒂为“浪漫主义者”，却也清楚地意识到浪漫只是一种主观情境：

> 就夏洛蒂而言，其作品所具有的普遍价值之一，是揭示了一种非常时髦且被反复重申的美学谬误：现实主义与浪漫主义绝无通融之处。人们谈起现实主义与浪漫主义来，就好像它们是两种非此即彼的艺术，有时甚至视之为两种完全对立的心理倾向。然而，它们实际上属于两个不同的范畴；而且，正如其他一切类似之物，它们可以共存、分立甚至不同程度地融合。浪漫主义是一种精神气质，现实主义则是一种常规……没人会把罗切斯特的宅子称作单调乏味的地方，但这并不能否认，夏洛蒂·勃朗特让一种与气质相关而与时间或地点无关的心理的浪漫充盈于那些安静的房间和角落。

盖斯凯尔夫人的目标就是要将这种“与气质相关而与时间或地点无关的心理的浪漫”从荒原表面剥离，从而裸露出其贫瘠以及贫瘠背后的贫困。她无意按照当时流行的浪漫主义的“如画”美学为哈沃斯村绘制一幅“如画”的浪漫图画。这就像后来的伍尔夫一样。伍尔夫在读了勃朗特姐妹的小说以及盖斯凯尔夫人的传记后，于 1904 年 11 月去了哈沃斯村，并且得以进入又换了新主人的牧师住宅，但此行让她失望。她随后在《卫报》上发表《哈沃斯，1904 年 11 月》，对参观文学名流故居的时髦进行了批评，说“我不知道去文学名流的圣地朝圣是否应被斥为滥情之旅”，“在你自己书房的椅子上读卡莱尔”比“参观切尔西那个隔音的房间”更有收获，去作家故居参观若能加深对其作品的理解，还说得过去，但“一所维多利亚中期的牧师住宅委实再普通不过”，它“暗淡、平凡”，纪念馆里的收藏品“呆板而又毫无生气”，“一个已故女人的衣服和鞋子”只能令人想到夏洛蒂“是一个女人，而不是一个伟大作家”。

维多利亚时代的左右两弧

不过，盖斯凯尔夫人高估了这种基于"人性本善"的"基督教社会主义"及其"互助运动"对于改善城乡下层阶级贫穷状况的作用。仅靠一些"发了善心"的资本家的慈善活动，对于社会性的贫困不啻杯水车薪，且久而久之就难以为继。另一方面，她又错估了乡村浪漫主义，认为它反经济，妨碍贫瘠地区的进步。工业资本家是不会去那些受制于经济上不太有利的地理和地质条件的山区投资的，他们考虑的是成本与收益。而且，按照盖斯凯尔夫人赞同的互助理论，城市工厂的工作条件的改善将诱使更多农村劳力源源不断涌向城市，反倒会进一步造成乡村的"空心化"和凋敝。但乡村浪漫主义给贫瘠的乡村涂抹了一层浪漫的光晕，这层光晕很快就吸引了试图将浪漫主义因素引入中产阶级生活的那些城市中产阶级男女前来"朝圣"。约翰·史密斯在1868年观察到：

在1850年，文学还没像现在这样变成众人趋之若狂

> 的东西。穆迪在他的城市鲜为人知，更别说他所在的省了。火车站也没有什么“斯密之座”。唯一有些光彩的是如今已停刊的《泰特杂志》，一个读者会追着看他那个时代所有的期刊和文学书籍。在我看来，那时的读者似乎有种不同的精神。英国年轻的读者群以热情和激情对待文学，热切期待着他们心爱的作家的新作出版，为比他人更早获得这些作品而不怕麻烦，弄到手后就狼吞虎咽下去，甚至可以步行数英里去看一眼他们心爱的作者。

其实早在1850年前，这种对文学和“文学圣地”的狂热就已兴起了。温迪·达比在《风景与认同》中谈到“湖区”一类的“文学圣地”在19世纪初突然成为“风景”，在于两种现象的综合演进：“英国民族主义的兴起和‘如画’风景美学的普及——它使得本国、本地和凯尔特的价值得以抬升。在这两个领域的持续互动下，‘湖区’应势产生，成为话语与隐喻（尽管不完全是隐喻）汇聚的新场所。在此，构成浪漫主义的‘情感的、玄奥的、田园的、原始的和主观的因素’扎下根来。”“如画”美学强调风景的等级，如“秀美”就不如“崇高”：

> 那些被开垦的、平滑的、安静的、和谐多样的风景是“秀美的”。它们是有边界的，因此也就是可知的风景。那些荒野的、崎岖的、超越人们想象的、广阔无垠的风景是“崇高的”，因为其无限性使人们生发出充满敬畏的情感和

> 永恒的观念。简言之，有规律的自然是秀美的，野性的自然是崇高的。

当夏洛蒂把奥斯丁的小说称为“精致的花园”时，那不是在赞美它。她本人像其他浪漫主义者一样偏爱哥特式的崇高风景——最初原因，恰如达比所说，“知识分子精英之所以看重湖区的美学价值，是因为湖区不同于而且远离于新兴的城市密集化”。随着工业和城市的扩张，这些知识分子势必就会逃往更偏远的地区。不过，这种“远离”其实是为了进入民族主义政治的象征核心，因为这些地带没有受到“现代”影响，几百年来保留着其地理特征，是重建民族认同和国家团结的文化基础。

浪漫主义的“风景”与民族国家意识建构之间的联系已非新鲜话题，尽管其“中介”并不十分明晰。但如果法国式普适主义启蒙哲学、科学理性和现代工业要求并导致一种标准化和一致化，那么，它们就会弱化民族的、地方的地理特征，也就弱化了民族的认同。英国浪漫主义或者说自然主义的一个政治情感是“反法”，而被科学理性、工业化和城市化进程抛在边缘的贫穷落后地区被认为是“老英格兰性”的最后保存地，它们“由荒凉的文化空漠转型为人们渴求的富有文化底蕴的地方”，“随着趣味的相应转变，过去令人害怕并予以回避的山区风景变成了极具美学价值的胜景”。

这一切发生在英国工业革命及海外殖民的关键时刻。工业革命带来政治、文化和经济资源在社会阶层之间的迅速转移,破坏了此前乡村英国的“有机社会”结构,结果就是不同阶级、文化、生活方式的分裂和对峙,“同一个国家”的意识遭到严重削弱。同时,海外殖民将众多英国人分散在遥远的异质文化中,会弱化他们对英格兰的身份认同。1848 年,马克思、恩格斯在《共产党宣言》中就资本主义世界市场写道:

> 过去那种地方的和民族的自给自足和闭关自守状态,被各民族的各方面的相互往来和各方面的相互依赖所代替了。物质的生产是如此,精神的生产也是如此。各民族的精神产品成了公共的财产。民族的片面性和局限性日益成为不可能,于是由许多民族的和地方的文学形成了一种世界的文学。

但西方资本主义在向其他地区进行文化殖民时,它自身内部却产生一种迷恋“地方”的民族主义。正是在社会离心力急剧强化的 19 世纪 40 年代,回归到想象中的“未曾分裂的时刻”以及保存这一时刻的“乡村”,被认为是重新建构民族身份并创造民族认同的重要途径。1842 年,托马斯·阿诺德就任牛津历史教授,他在就职演讲中呼吁道:

> 我们,这个伟大的英格兰民族,其种族和语言现在正从地球的一端扩展到另一端。在我们出生前,撒克逊人的白马就已建立从忒得河到塔马河的统治。我们可以在这

> 个范围内追溯我们的血缘、我们的语言、我们国家的名称及其区划以及我们一些体制的起源。在这个范围内描述我们的民族身份。

他说这番话时，英国远征军正在中国东南沿海攻城略地。如果英格兰的“种族和语言现在正从地球的一端扩展到另一端”，那么，它同时也将大量英国人抛进了异质文化中，可能会淡化其“英格兰性”。老阿诺德显然意识到了这一点，他呼吁英国人必须从文化上返回“祖宗之地”，以获得一种明确的未曾污染的民族身份。忒得河和塔马河隔出一个“英格兰区域”，那里才保存着据说不曾被污染的老英格兰传统，作为永远可以返回去的地方。“湖区”和哈沃斯村便处在这一区域的核心地带，即后来被称为“峰区”的自然—历史保护区及其周边。浪漫主义对中世纪、地方色彩、“风景”、民俗的浪漫化，使这些本来在文化上空无所有的贫瘠山地充满了神灵，而作为中产阶级休闲时髦的“文学朝圣”不仅是为了在中产阶级生活中引入浪漫因素，还是一种追寻民族身份和民族认同的民族主义象征政治之旅。在宗教凝聚力日渐衰微的时刻，英国文学制造的“文学圣地”或许能担负起大教堂的作用。连马蒂诺小姐都放下手头的研究，为“湖区”写了一本旅游指南。

盖斯凯尔夫人式的文学现实主义与夏洛蒂式的文学浪漫主义看似对立，其实是维多利亚时期英国现代国家建构的左右两弧，是“北方”与“南方”、“散文”与“诗”的有机结合：“南方”或

“乡村”通过将自己“浪漫化”或“老英格兰化”，为整个英国提供着民族身份想象，“北方”或“城市”则通过现代化，为整个英国提供着雄厚工业实力。1851 年 5 月维多利亚女王在“万国来贺”的盛大排场中进入“水晶宫”，宣布伦敦万国工业博览会开幕，与 8 月前往爱丁堡并在万民夹道欢呼中登上“亚瑟王宝座”，作为英国当年两大文化政治学象征事件，将“新英国”与“老英国”贯通起来。

到此为止，本文还未涉及“乡村浪漫主义”或者说“英国自然主义”的“政治经济学”这一基础问题——实际上，浪漫主义的“隐遁”姿态几乎让人觉察不到其经济方面的动因，另一方面，视“政治经济学论文”为平庸的“散文”的浪漫主义者自己或许也没有意识到浪漫主义还是一种新政治经济学，它通过赋予光秃秃的岩石、荒凉的高沼地等几乎毫无经济价值的贫瘠之物以高昂的美学价值和伦理价值，将其商业化：来自城市的中产阶级急于消费这些“景观”，以充实自己据说平庸的生活，正如他们大量购进画作、摆弄丝弦或者阅读浪漫小说。

英国工业革命在导致英国社会的权力重心由乡村移向城市时，相应地导致英国乡村的凋敝以及乡村人口大量移民城市乃至国外，出现乡村的“空心化”，而同时城市又在过剩的人口、拥挤的住房、河流和空气的严重污染之下“变成我们这个种族的坟墓”。如何使乡村重新变得对英国人有吸引力，从而使城市的过剩人口——尤其是大量因找不到工作而四处流浪并被认为是影响社会安定的“危险”因素的来自乡村的壮年人口——返回乡村，同时留住那些尚在乡村而随时准备进城的劳力，是当时的社会问题研究者和国家决策者考虑的核心问题之一，此即保守党政治家约翰·戈斯特爵士在1891年所说的“逆转潮流，阻止人们迁入城市，让其返回故土。城市自身的利益与安全有赖于这一问题的解决”。艾伯勒泽·霍华德在《明日的田园城市》中写道：

> 无论过去和现在，使人们向城市集中的原因，一言以蔽之，是“吸引力”。因此，除非为人们——至少是相当一部分人——提供大于城市现有的“吸引力”，显然就没有什么有效的应对之策，因此，旧的“吸引力”必须被新创造的“吸引力”所超越。如果把每个城市当作一块磁铁，每个人当作一枚磁针，那么，只有建构比我们的城市更有吸引力的磁铁，才能有效地驱动人口自然而健康的重新分布。

可是，要让贫瘠而凋敝的乡村的吸引力“大于城市现有的‘吸引力’”，就必须先从美学和道德上抬高乡村，同时贬低城市，并把城市中产阶级描绘成一个“粗俗的”“没有文化的”“唯利是图的”阶层——这正是自19世纪初以来的“纨绔子”小说家、浪漫主义诗人和小说家及随笔家、风景画家、田园抒情曲作曲家以及反资本主义的伦理家一直前赴后继从事的事业——这样才能大量吸引先是有钱而且“罗曼蒂克”的，然后是有钱但不那么“罗曼蒂克”的中产阶级男女成群结队跑到偏远乡村去寻求“浪漫之地”（这种乡村休闲游，从最初偏远的“名胜古迹”“浪漫之地”“文学圣地”渐渐扩大到城市近郊的乡村），给这些无论从地理还是地质条件来说均为贫瘠之地的乡村地区带来它们自身所匮乏的繁荣商机，而这又诱惑着大量“危险”的游民从城市返回本乡本土，不仅保证了全国人口的“健康分布”以及充分就业，还缓解了当时城市日益严重的社会问题和环境问题。

铁路、公路、自行车道、“步行道”由城市向乡村蜿蜒延伸，所到之处，酒吧、客栈、纪念品商店、纪念馆等如雨后春笋般出现，随之出现的是乡村居民区的扩大。这样的“乡村游”通过旅游者一次次与国土的每道皱褶的亲近而强化了爱国之情以及民族认同。夏洛蒂式的乡村浪漫主义证明是比盖斯凯尔夫人式的反浪漫主义更有效地解决偏远乡村的贫困问题的“政治经济学”，一种因卷入“象征资本”而内容被大大扩展的新的“政治经济学”。“乡村浪漫主义”正是那只引导已然以“两个国家”分立的城与乡、“北方与南方”之间相互流动的“看不见的手”。没有乡村浪漫主义及其拉动的乡村休闲消费，英国的贫瘠乡村不可能变成风光迷人的“新乡村”。实际上，在 19 世纪 90 年代之后，英国的城市反过来开始模仿“新乡村”，城市决策者和设计者们纷纷追求霍华德所定义的那种城乡一体的“田园城市”。

Ⅲ　夏洛蒂·勃朗特

——鸦片、“东方”与1851年伦敦万国工业博览会

隐晦的“切口”就是鸦片的别名

从1851年伦敦万国工业博览会返回家乡哈沃斯村的次年，夏洛蒂·勃朗特开始创作小说《维莱特》，并于1853年1月在伦敦出版。夏洛蒂新结识的朋友盖斯凯尔夫人读后，对其中连续十几页有关女主人公露西·斯诺服用鸦片后产生幻觉的栩栩如生的描写留下了一个私人疑问。于是，同年9月，当她应夏洛蒂之邀从曼彻斯特到偏僻的哈沃斯村看望勃朗特一家时，在一次夜间炉边谈话中——其时，其他人都已回房休息——她趁机私下问夏洛蒂是否服用过鸦片，原因是“她在《维莱特》中对服用鸦片后的反应的描绘与我本人服用鸦片后的体验完全一样，诸如眼前活灵活现地浮现出一些比其实际形状大得多的物体，边缘却不怎么清晰，或融进了周边的金色雾霭中，等等”，而在秉持文学现实主义的盖斯凯尔夫人看来，一个作家即便有不同凡响的想象力，倘无尝试鸦片的体验，是不大可能如此活灵活现地以第一人称“我”从“内部”描写这种只有瘾君子才有的幻觉。当盖斯凯尔夫人自己当初在小说《玛丽·巴顿》中描写约翰·巴顿这个工人阶级瘾君子时，也谨慎地止于描写他的“外部”，描写他委顿的状态，并没把她本人服用鸦片后的幻觉赋予他，或去想象他的幻觉。或许，一个经常处在饥饿状态的工人在鸦片的作用下会出现怎样的幻觉，对她这个以文字为业的中产阶级妇人来说，是不可知的。

其实，就像《简·爱》的情形一样，尽管“鸦片”同样以各种其他隐晦的名称出没于《维莱特》的章节之中（对当时的英国读者——尤其是瘾君子来说，这些名称就像“切口”一样能立即让他们知道所指何物，而当脱离这个特定的语境或者说“密码系统”之后，对后来的或者其他文化的读者而言，这些“切口”可能就变成了“普通名词”），但篇幅近六百页的《维莱特》还是有一处明确提到了“鸦片”的本名——确切地说，是“鸦片剂”（opiate），见第三十八章《幻境》：从英国到欧洲大陆“维莱特城”一所女子寄宿学校教书的贫穷单身女教师露西·斯诺因校长贝克夫人阻止她与男教师保罗·伊曼纽尔相恋而与之发生争吵，之后露西情绪低落，脸色苍白，“她们说我病了”，“以为我得了头痛的病”。贝克夫人提出让露西服用“镇静剂”（sedative，其实就是鸦片剂），但露西立即本能地认为那是“毒药”（poison，暗指鸦片，此前以及当时一些著名医学家已明确将鸦片归类为“毒药”），拒绝服用，并讥讽贝克夫人是“耽于感官快乐之人”：“如果您有任何烦恼，有任何失意——也许您有，不，我知道，您肯定有——那您从您自己精选的藏物中去寻找治标剂（palliatives，也是一种鸦片剂）吧，但您放开我，放开我……把您的手从我的身上拿开，从我的生活、我的困扰中拿开，啊，夫人，您手里是冷酷和毒药。”但在维莱特城举行充满“爱国主义”气氛的“庆典”的那个夜晚，贝克夫人派校役戈顿给因病而躺在床上的露西送来了一杯“饮料”：

> 我正渴得要命，急切地一饮而尽。饮料很甜，但我感觉其中放了药。
>
> “贝克夫人说，喝了它，你就能睡着了。”戈顿接过空杯子时说。
>
> 啊！饮料中下了镇静剂。实际上，他们让我喝下的是很浓的鸦片剂，好让我整个晚上保持安静。

贝克夫人让露西“整个晚上保持安静”，陷入沉睡，不仅是为了避免她与伊曼纽尔临别相见，也为了方便自己和学校其他人外出，去“庆典”之夜的街道闲游。《维莱特》以夏洛蒂本人 1842 年至 1843 年在比利时布鲁塞尔（小说称之为“Villette”，即“维莱特”，法语的“小城”）的埃热夫人寄宿学校求学的经历为故事主要时间背景，但追加了 1851 年初夏伦敦万国工业博览会期间她在伦敦一个月的生活经历，将它化作《维莱特》中鸦片作用下的幻觉之游。不管怎样，即便在 19 世纪 40 年代的英国，鸦片也只私售于药铺、杂货铺、客栈、酒馆一类场所，并非处方药，执业医生通常不会给自己的病人开具这种会对中枢神经产生巨大损害的“毒药”，即便鸦片含量较小的一些镇静剂/兴奋剂，一般也只有“江湖医生”才给病人用，这也是夏洛蒂为何在小说中通常以当时一些“替代名称”来称呼鸦片的原因之一，另一个原因则是她的弟弟勃兰威尔吸食鸦片，并最终死于吸食鸦片，鸦片成了她家的一个禁忌的话题。

实际上，夏洛蒂1846年创作并于次年出版的小说《简·爱》（她的第一部发表的小说作品）第二十章中就有一个给伤者服用“cordial”的场景，而且，意味深长的是，在场的虽有一位专业外科医生（卡特），起作用的却是一个不在场的“江湖医生”：那天深夜，罗切斯特把简·爱和卡特叫到楼上某个上了铁门的隐蔽房间里，救治被“疯女人”咬伤的理查德·梅森。罗切斯特要求卡特迅速给梅森缠好绷带，并说：“他伤得并不重，但有些神经质，得让他振作起来。”但卡特医生看来除了像护士一样给伤者绑绑绷带外，就一筹莫展了，于是医学外行罗切斯特接手：他让简·爱到他自己的房间里跑一趟，“打开我的梳妆台中间的那个抽屉，从里面找到一个小药瓶和一个小玻璃杯，赶快拿来”。当简·爱飞速取来他要的东西后，他说：

> 这下好了。现在，医生，我要自作主张，自己给他用药了，出什么问题，我自己负责。这瓶cordial，是我在罗马时从一个意大利江湖医生那里搞到的——对那种家伙，卡特，你准会一脚踢过去。这玩意儿虽不是万灵药，有时却管用，比如眼下这种情况。简，拿一点水来。

在一个执业医生面前提到一个他"准会一脚踢过去"的"意大利江湖医生",并且说他的"药"更管用,只说明罗切斯特本人常常服用这种被执业医生所拒绝的"万灵药"。他把那个空玻璃杯递过来,让简·爱倒满半杯水,然后将小药瓶中的"深红色液体"即"cordial"滴进玻璃杯,"算好滴了十二滴":"喝下去,理查德,它能让你振作起来,一个钟头里都精神焕发。"梅森不知其为何物,担心"有刺激性",但罗切斯特只是不停地催他"喝下去"。梅森不得不服从,过了三分钟,他果然就可以在别人的搀扶下下床走动了。这里,夏洛蒂以鸦片在梅森身上产生的立竿见影的效果替鸦片做了一个广告,尽管她从自己的弟弟临死前的谵妄状态中只看到鸦片对于人的心智和身体的损害。想必罗切斯特在遇到他的"真爱"简·爱之前的颓废年代里,也常常靠这种"在罗马时从一个意大利江湖医生那里搞到的"神秘液体来偶尔振奋一下自己的精神;在失去简·爱后的那段时间里,他想必也是如此,至少简·爱是这样告诉读者的——在《简·爱》第三十三章,当简·爱从圣约翰牧师那里得知罗切斯特的消息时,她不禁哀伤地想:"他可能离开了英国,绝望地跑到欧洲大陆某个他以前常去的地方去了。在那里他找到了什么样的 opiate 来平复他的创痛,什么样的东西来疗治他的绝望?"从这里也可间接证明罗切斯特在罗马时从一个意大利江湖医生那里搞到的"cordial"就是"opiate"。并非偶然的是,夏洛蒂分别让"opiate"之名在《简·爱》和《维莱特》中各出现一次,似乎是担心那些没有阅读经验的读者不明白那些隐晦的

“切口”就是鸦片的别名。

夏洛蒂将罗切斯特滴入玻璃杯的“cordial”精确到“十二滴”，似乎对这种鸦片剂的预期效果有瘾君子般的专业知识，但这既可能得自她对自己的瘾君子弟弟的观察，也可能得自“我最钟爱的诗人之一”威廉·考柏的书信集。在夏洛蒂 1849 年出版的小说《谢莉》中，谢莉与卡洛琳有连续两页有关考柏的对话，足见夏洛蒂熟读过考柏。考柏 1793 年 2 月 10 日在写给赫斯克斯夫人的信中谈到自己精神状态欠佳，说“我情绪低落——罗斯要来的时候，为他的到来，我不得不每夜服用鸦片酊（laudanum）。十二滴鸦片酊，就够量了，但少了它们，我就会被忧郁吞噬”。当然，家中老是病人不断的夏洛蒂也会留意当时英国大量有关“家庭用药”的册子，如 1821 年伦敦出版的由英国医生哈德森编纂的《家庭用药新宝典》就列入了“即刻止痛药”：“在 1/4 品脱的含酒精的肉桂酸水中滴入十二滴鸦片酊，若一时找不到肉桂酸，也可用上好的白兰地代替，服用后可即刻缓解疼痛。”作为一个涉猎甚广的狂热读者，夏洛蒂一定还读过法国戏剧家莫里哀 1673 年创作的喜剧《无病呻吟》，该剧 1769 年由英国人以撒克·毕克斯达夫译成英文后被删去一些场景，并由英国人福特增添了一些场景以及一个江湖医生作为主要角色，以讥讽用“cordial”骗取钱财并害人性命的英国江湖医生，场景也全变成了伦敦，剧本相应改名为《送终医生》，在伦敦干草市场的皇家剧院连续上演，剧本也经常收入英国戏剧选本。这个江湖骗子在病人那里获得了比几位执业医生更大的威望,在第三幕第四场,他“一手拿着一个小药瓶,一手拿着一杯水”,对着无病呻吟的埃乌德先生说:“您瞧,这是从新河打来的水,和晶石一样透明,现在,我朝里面滴入十二滴 cordial……”“送终医生”此前曾“医”死过好几个病人,他的骗子身份在最后一刻被揭露,不过,当夏洛蒂让罗切斯特逼迫梅森服用“cordial”从而让他从伤痛和颓丧状态中即刻恢复过来时,她就为这类受到当时医学界和“反鸦片同盟”指控的江湖医生的所谓“万灵药”而实为“毒药”的鸦片剂恢复了“名誉”。

尽管身为爱尔兰裔,但作为一个有着清教主义倾向和狂热爱国精神的英国新教徒,夏洛蒂对天主教以及信奉天主教的国家(不仅包括法国、意大利、西班牙、比利时以及教皇所在地梵蒂冈,还包括夏洛蒂自己的故土——英国殖民地爱尔兰)一向持有强烈偏见,更别说对那些遥远的“野蛮人”居住的美洲和亚洲的大陆了,并将英国的一切罪恶的源头说成是“外来的”。所以,她并非偶然地让罗切斯特“在罗马时从一个意大利江湖医生那里搞到”这种名声可疑的“cordial”——尽管她同时让它具有神奇的疗效——但这种“cordial”其实是英国哈德福郡的药剂师托马斯·戈弗雷在 18 世纪初最早“发明”的,并于 1722 年以“Godfrey's cordial”(戈弗雷氏露酒)之名在杂志上登出广告。据 1828 年伦敦出版的《健康之书:自用药宝典》在“专利药品”名下提供的配方,它是由鸦片剂、糖浆、梓木皮、檫木皮、酒、水等物熬制的混合液,呈红色,其味甜,视服用剂量不同而起到镇静或兴奋的作用。当然,也有更简单的穷人配方,例如 1844

年出版的一本旨在揭露鸦片之害的书《母亲之误》就列出了最常见的制作方法:“将糖浆加水熬煮,放入一定量的鸦片”。其他欧洲“发明家”——主要是英国人——又据此发明了多种成分大同小异的“Godfrey's cordial”,并有了许多动听的别名,诸如“母亲帮手”“母亲之友”“奶妈”之类,主要是为那些早出晚归而无法照看自己的婴儿的工厂女工预备的:她们清早出门前,给婴儿喂上几滴,就可以让婴儿长久昏睡,结果一些婴儿就此长眠不醒。由于鸦片的毒性广为人知,它也被用来害人性命。据 1842 年《仆人杂志,或女红指导》第五卷转载的一条消息,某地陪审团对一位年轻保姆判定有罪,她因对自己看护的一个婴儿使用过量的戈弗雷氏露酒而致其死亡。婴儿因被服用“露酒”或鸦片酊致死的消息不时见报。《钱伯斯爱丁堡杂志》1844 年 5 月 20 日刊登的“儿童就业委员会”的报告援引一位药剂师的证词,说“在最贫穷阶层,母亲给婴儿使用戈弗雷氏露酒或者鸦片酊的情形相当普遍,她们之所以这样做,是为了当自己做工时,婴儿能够保持安静……谁都知道,三滴鸦片酊就足以致婴儿于死命,但没有人谈起这种事;谁都知道许多婴儿死于不同的剂量,但没有人进行调查”。

其实着手进行这种调查的人并不少,例如“反鸦片同盟”的人士。而且,一些德高望重、身居高位的医学名流,如亚历山大·门罗(英国皇家医学院教授、爱丁堡大学解剖学教授)、罗伯特·怀特(爱丁堡大学医学教授、英国皇家医学院院长,同时担任国王乔治三世的御医。乔治三世在失去美洲殖民地后精神一蹶不振，以鸦片度日，变成了一个病病恹恹、疯疯癫癫的瘾君子，以致不能亲理朝政，最后死于疯狂），他们早在 18 世纪下半叶就以一系列的临床观察和医学实验证明了鸦片会对中枢神经产生不可挽回的损害，并正式将鸦片定义为“毒药”。但问题是，这种随处可得而且价格便宜的“毒药”对诸如头疼、感冒、肺结核、肺炎、霍乱等流行病确有某种疗效——尽管是以损害患者身体、中枢神经及其道德意识以及对家庭和社会的责任感为更大代价——而英国政府对当时因寒冷的气候、工业污染、肮脏拥挤的居住环境及公共卫生设施的缺乏而不时暴发的肆虐英国大片地区并带来大量死亡的流行病束手无策，加上下层阶级的普遍贫困化以及英国工业化对廉价劳动力的巨大需求（下层阶级妇女以及儿童因此大量成为廉价劳动力，无法照看家中婴儿），尤其是对华鸦片走私对英国殖民地印度的财政以及英国当时匮乏的硬通货（对华鸦片贸易获取了大量中国白银）来说至为关键，也就对鸦片问题听之任之了，只不过一直未将其列入官方批准的处方药目录。

但将鸦片在英国的悄悄流行仅仅归因于流行病，却不能解释鸦片何以被“浪漫化”，又何以成了英国对华“大宗出口商品”。实际上，到 19 世纪末，随着英国在其美洲殖民地的战争中失败而失去这片辽阔的殖民地，加上这场旷日持久的战争以及随后进行的与法国的战争几乎耗尽了英国国库，这种“毒药”越来越成为英帝国财政的主要来源，并支撑着英国在遥远的印度的殖民统治。由于失去了北美殖民地，欧洲市场又被法国封锁,印度殖民地或者说印度鸦片对英帝国财政的重要性陡然上升。另一方面,英国政界和商界不少位高权重之人就是东印度公司以及其他鸦片公司的董事和大股东,而一般英国民众中试图从英国对华鸦片贸易分一杯羹的小股民也为数不少,他们分别成了英国对华鸦片贸易和对华鸦片战争的决策者和舆论基础。谈到东印度公司与英国政商两界千丝万缕的联系,理查德·马特拉克说:

> 印度是对新近失去的美洲的补偿,许多英国家庭依赖东印度公司为其孩子谋得一份前程。东印度公司的二十四位董事负责挑选五千四百名在海外任职的雇员。当父亲的把东印度公司的任命视为“儿子获得的肥差”。保护人的权力成了进入议会的讨价还价的筹码,这意味着这种影响力的双向流动。议员们有他们的选区居民需要东印度公司来照顾,任用他们,而董事们有任命的分配权以及他们自己的与生意无关的政治野心。许多人靠投资、航运保险、当轮船主、走私、海上私掠、贿赂或者诚实的生意来赚钱。两度出任东印度公司的董事,后来又被选为因弗内斯选区议员的查尔斯·格兰特的事迹成了帝国主义的传奇和梦想的材料。

英国政府考虑的也不是对华鸦片贸易的道德问题。除前面已谈及的对华鸦片贸易之于英国政府和英印政府的财政的莫大关系外，还有国内政治考量：与其让日益不满英格兰的贸易垄断地位的苏格兰人（他们因此提出“贸易自由”的自由主义经济理论）威胁英帝国的统一性，让饥肠辘辘的爱尔兰人和英格兰下层阶级在爱尔兰和英格兰各地啸聚乃至密谋推翻政府（自19世纪30年代到40年代末，英国相继爆发议会改革运动、宪章运动等社会风潮，后一个运动在1847年出版的《简·爱》的末尾部分有一些暗示；此外，以马克思和恩格斯为代表的欧洲大陆的共产主义者和社会主义者正在向“资本主义经济高度发达”因而“为社会主义革命创造了条件”的英国集中，发动英国工人从事斗争），不如将这股破坏性能量输往海外，让他们作为帝国主义者和殖民主义者前往海外为帝国开疆拓土，在那里大发横财。

鸦片幻觉中的“东方”

此时英国在马六甲海峡获得了包括槟榔屿、马六甲与新加坡三埠在内的“海峡殖民地”，这条狭长的海峡成了英帝国殖民势力由殖民地印度向“远东”延伸的方便通道，无数的苏格兰人前往“海峡殖民地”，并从那里向“远东”进发，他们大部分人从事的或者兼营的是鸦片走私——当然，当地的鸦片商人还包括一些在18世纪下半叶从中国东南沿海移民至此的华人，例如辜鸿铭的曾祖父，他们在“海峡殖民地”由印度殖民地的属地升格为英国殖民部直辖的“直辖殖民地”后加入了英国籍。“去东方”，这对那些在英格兰没有出路的中下层中产阶级的子弟来说也是一个选择。当时英国实施的是长子继承制，国内体面的就业机会又太少，大量受过大学教育却被剥夺了财产继承权的次子和更小的儿子便不得不去海外冒险，而似乎没有比去英国的海外殖民地，尤其是英国正在急剧扩张而急需大量人手（殖民官员、商人、传教士、军人、工程师、博物学家、地理学家、测绘家、探险家、语言学家等）的印度—中国这一辽阔的弧形地区——从作为鸦片生产地的印度，到作为鸦片运输线路的“海峡殖民地”，到通过鸦片战争刚刚割占的作为“贸易中转站”的香港，一直到作为鸦片最终销售地的中国内地——更能让这些囊中羞涩的年轻英国冒险家们一夜暴富了。“冒险家”的暧昧身份以及“一夜暴富”的神话，使得这些在英国尚能保持几分绅士模样的英国人变成了唯利是图之徒，而他们背后则有一个用坚船利炮武装起来并随时准备寻找借口向中国开战的强大国家的保护。至于因马铃薯病害而陷入连年大饥荒以致成为英格兰的“负担”的殖民地爱尔兰人，就让他们死绝或移民美国好了，那对英格兰在爱尔兰的殖民统治费用以及英格兰阔人对爱尔兰“闲置”土地的欲望来说都是好事，于是，作为英国对爱尔兰政策的后果，一百万爱尔兰人死亡，一百万爱尔兰人移民美国，爱尔兰就这样从“身体”和“心理”上“被弄瘫痪”了。“被弄瘫痪”的不只是咫尺之遥的殖民地爱尔兰，还有遥远的殖民地印度以及更遥远的中国。维多利亚女王 1837 年登基之后不久，即对中国发动两次鸦片战争，无论战前，还是战争期间，还是战后，鸦片一直是英国社会争议最大的话题之一，但渴望从鸦片贸易中获取暴利的英国的主战派的声音盖过了那些指控英国正以国家的身份从事一项有史以来最为邪恶的买卖的反战派的声音。

两次鸦片战争之后，伴随对华鸦片贸易急剧扩张，中国的白银大量流向英国，英国进入一个工业空前发展时期，鳞次栉比的工厂以及经济渐渐复苏的乡村大量吸收着街头游民。在

1830 年到 1848 年间一度动摇英国社会根基的那些街头社会运动于是偃旗息鼓，英国进入一个长达半个世纪的社会相对稳定时期。英国在 1851 年伦敦万国工业博览会上向世界展示了英国辉煌的科技和工业成就，似乎说明英国的飞速发展基于英国人特别的才智和良好的制度，但科技、工业和制度都必须以“资本”为基础，而为英国经济起飞奠定资本基础的鸦片却在伦敦万国工业博览会的英国馆里不见踪迹。真正重要的角色总是不出场，正如《简・爱》和《维莱特》中只以隐晦的方式提到鸦片。说英国鸦片贩子或“一桩无耻的贸易”（格莱斯顿语）将英国从 18 世纪末和 19 世纪初的衰落和社会动荡中拯救出来，实不为过。当这些鸦片贩子带着得自鸦片走私的巨额钱财衣锦还乡时，被他们的同胞当作了国家英雄，例如向中国贩运鸦片的“怡和洋行”的合伙人渣甸和马地臣回国前就已在英国成了家喻户晓的可敬人物，“这些人使得欧洲人当初在印度大发横财而变成所谓‘印度阔佬’的故事，如今有了最早的中国沿海版本，他们带着万贯家产返回国内，成了英国报纸、小说和戏剧中常常出现的集粗鲁的‘新贵’生活方式与被许多回国之人说成‘东方’生活的一种腐败淫逸的意象于一体的人物”。因此，这两个从别人的不幸中牟利的鸦片贩子回国后先后成为受人尊敬的议员，册封爵位，乃至进入皇家学会，出任伦敦大学“汉学教授”，就不足为奇了。

必须提及的是，英国当时已是君主立宪国家，宪法保证了一个“言论自由”的“公共空间”，因而，对主张鸦片贸易以及对华鸦片战争的英国人来说，要让自己的主张获得“民意”，从而对英国议会的辩论和决策产生重大影响，就必须诉诸鸦片给英国和英国人带来的切身利益，此外，为了舒缓鸦片贸易可能在一些英国人那里产生的道德内疚感，还要将鸦片从一个健康问题和道德问题转化为一个美学问题：18 世纪末以及 19 世纪前 30 年的英国浪漫派文人们（包括湖畔派诗人以及作家）以及他们在后来时代的精神后裔们（例如夏洛蒂·勃朗特）通过将吸食鸦片与艺术敏感性的增强、想象力的扩张紧密联系在一起，完成了这一转化。

渣甸劝说朋友们投资对华鸦片贸易时说：“这是最安全、最绅士的买卖。”谈到东印度公司在英国人心目中的地位，马特拉克写道：“东印度公司当时被认为是‘所有时代和所有国家的最伟大、最赢利的商业机构……它拥有的物质的和道德的影响力为英国国内任何机构所不及，它让英帝国的统治、强力和威严在英国女王—印度女皇维多利亚在位时代达到无与伦比的荣耀顶点’，它的职员向来被英国人视为英雄。”此时，追究他们来自海外的财富是否存在道德问题，似乎是不明智的，也是不必要的，这就像简·爱接受了在海外从事贸易的叔叔的两万英镑遗产而绝不会去打听它从来源上是否存在道德问题一样（这笔巨额遗产后来被简·爱在四人间平分，不仅让圣约翰牧师及其两个妹妹获得经济独立，也为简·爱自己与在火灾中失去大部分财产的罗切斯特的婚姻提供了经济保障）。苏珊·梅耶指出这笔遗产的“殖民来源”：“它来自简·爱在马德拉的叔叔约翰，他是牙买加酒类生产商、伯塔的弟弟的经纪人。简·爱的叔叔居住的非洲西海岸的摩洛哥外海的马德拉岛，是理查德·梅森回英国途中的歇脚点，梅森的这条往返路线间接暗示出英国黑奴贸易的那条三角形线路，也暗示约翰·爱的财富与黑奴贸易有关。”

英国的帝国主义政治家在追求鸦片在英国国内及其殖民地“非法化”的同时，追求鸦片在中国的“合法化”。英国政府出于“国家尊严”，不想让英国从事一项非法买卖，于是就劝诱和强迫中国政府使鸦片贸易合法化。1843 年，时任英国外交大臣的巴麦尊认为英帝国的命运系于东印度公司的财政，即系于印度对华鸦片贸易，指令英国驻华商务代表义律“尽力与中国政府斡旋，以使中国政府允许鸦片作为一种合法商品进入中国”，并要求英国驻华公使、从东印度公司每年支取一千英镑年金的璞鼎查“利用每个可能的机会，给中方全权代表造成这么一种强烈印象，即鸦片贸易合法化将使中国政府大获其利”。对此，道光皇帝在一封被译成英文的致英国政府信函中答复道：“的确，我无力阻止毒品泛滥而入。赌徒和腐败分子为利润和感官享受挫败了我的希望。但任何东西都无法诱惑我从我的人民的不良嗜好和苦难中征取一分一毫的税收。”密切关注英国对华贸易的马克思 1858 年谈及中英围绕鸦片展开的外交斗争时讥讽说：“半野蛮人维护道德原则，而文明人却以发财的原则来对抗。”

为了将印度鸦片全部高价走私到中国以换取“硬通货”，

英印政府率先在印度本地禁止鸦片销售,其动议来自1750年成为英国东印度公司职员,1773年出任孟买总督的瓦伦·黑斯廷斯。这位有教养的英国绅士离任后每年从东印度公司支取五千英镑年金。他对鸦片的有害性心知肚明,在1793年给正在讨论鸦片问题的英国议会的信中指出,“一个社会不应该增加生产那些并非生活必需品的物品”,而鸦片“不是生活必需品,而是致命的奢侈品,应该严加禁止——但用于对外贸易目的的鸦片不在禁止之列……政府若有智慧,就该严禁国内鸦片消费”,即拿这种“致命的奢侈品”去遥远的中国图财害命。这也成为1793年英国向中国正式派出的第一个外交使团的重大使命。1793年英国使团的正使是黑斯廷斯的朋友、曾任东印度公司三块“领地”之一马德拉斯的总督的乔治·马戛尔尼,他离任后每年从东印度公司支取一千五百英镑终身年金,而他的马德拉斯总督职位的继任者是后来出任英国内务大臣的亨利·敦达斯,他离任后东印度公司给予他两千英镑终身年金,“他将这笔年金挪到他年轻的妻子的名下”——正是此公在1793年具体负责策划马戛尔尼使团出使中国的行动。

马戛尔尼使团虽为英国政府所派,其热情推动者和秘密资助者却是从事对华鸦片贸易的东印度公司,而主其事者皆为东印度公司慷慨给予巨额年金之人。东印度公司与英国的利益如此高度一致,以至埃德蒙·伯克在1769年议会发言中指出:“如果东印度公司的股票下跌,这个国家会遭遇什么麻烦?这个国家其他的股票也会随着下跌。东印度公司股票受到的每一个打击都会影响到其他每一只股票。”英国失去美洲殖民地后，伯克又一再表达了这种越来越普遍流行于英国人中间的观点，他“1783 年宣称，‘说公司不行，就等于说国家不行’，也就是说对公司有利，就是对国家有利”。不过，伯克同时认为持有政府对华贸易垄断特许状的东印度公司权力过大，常常代行国家主权，给英国带来麻烦，此外公司每年的利润以股票分红、终身年金以及职员回国的方式大量流向英国，“英国人在印度所赚每一卢比的利润都离开了印度”，这种竭泽而渔的方式无益于英国在印度的统治。正如伯克在当时比较棘手的爱尔兰问题上的立场，他“支持以公正为基础并对所有人有利的自由贸易原则”，不过，他反对东印度公司的垄断和黑斯廷斯的滥用职权并不等于他反对对华鸦片贸易本身——实际上，他将鸦片看作一种普通“商品”，与“丝”“生丝”“布料”“盐”等物并列一处——而是认为东印度公司对鸦片贸易的垄断不公正地损害了“个体商人”的利益，言下之意，是希望更多的“商人”加入到这一有利可图的鸦片走私事业中来。

尽管 1815 年到 1832 年间英国为保护本国农产品而对欧洲大陆国家的谷物采取贸易壁垒政策(《谷物法》)，同时或者之后又以其他方式强化英国自身的贸易保护(例如禁止印度鸦片销往英国，理由是它质量低劣，“不适于医用”，直到第一次世界大战爆发，来自土耳其的高质量鸦片的供应断绝，英国才从印度进口鸦片)，它却同时以“自由贸易”之名要求中国政府对作为一种“毒品”的印度鸦片开放市场。帝国的意识形态机器有效地运转，自由主义经济学家亚当·斯密的自由贸易理论和英国浪漫派文人的美学理论双双受到推崇，连鸦片贩子和受鸦片贩子资助的传教士们都在报刊上纷纷撰文鼓吹，例如英国刚刚从中国割占香港，传教士们便在那里创办英文报纸《中国之友》，上面尽登些英国传教士写的要求“自由贸易”的文章。自由主义贸易理论与浪漫派美学理论，这两种理论看似格格不入，乃至相互攻讦，但前者为取消英国政府授予东印度公司的对华鸦片贸易垄断权从而使更多英国“个体”鸦片商人得以进入这一高利润行业同时迫使中国政府为鸦片贸易打开市场提供了“自由主义”的理论支持，后者则以康德的“美无关功利说”为生产、销售和吸食鸦片的行为“去道德化”提供了美学合法性。这看似格格不入的两方面在宣讲“神药”的妙处的浪漫派文人、康德美学的英译者、自由贸易和对华开战的鼓动者托马斯·德·昆西那里达到了高度统一。由于浪漫派文人“离经叛道”的作品俘获了整整一代英国青年，他们就轻易地从18世纪下半叶的那些德高望重的专业医生手上夺走了鸦片的阐释权，使鸦片从医学领域进入美学领域，由“毒药”又变成“万灵药”和“神药”“魔药”。《鸦片史》的作者马丁·布思写道：

> 鸦片改变了某些感官的感知方式。约翰·琼斯医生曾描述过吸食鸦片后看到蜡烛的火苗如何扭曲，一根针掉进一只铜碗时发出的细微声音如何变得很大，发生怎样的

> 改变，而教堂的钟声听起来像是“空谷”的回声。到 18 世纪末和 19 世纪初，这种错位的感觉方式以及鸦片引起的梦和幻觉，对艺术尤其是文学发生了深刻影响……浪漫主义文学的核心是想象的复苏和梦幻的奔放，与其说是对梦幻的一种描写，还不如说梦幻本身成了一种叙事方式。浪漫主义包含了一种对自然和自然界的新意识，强调自发的思想和行为的必要，格外看重通过想象展现出来的自然才能。同样，它也体现了一种有关激情、痛苦和个人情感的更为自由、更为主观的表达方式。鸦片以及鸦片产生的思想自由对推动浪漫主义的这种理想起了非同小可的作用。

鸦片据说能“解放”被现代科学理性、资本主义工商业、中产阶级的道德教条以及日益规训化的日常生活所囚禁的“自然的想象力”。发端于“北部湖区”的英国文学浪漫主义尽管在 19 世纪 40 年代之后衰落下去——或者说转换了形式，变成一种消费主义的浪漫主义——但它总会在与它一样偏远的山区找到几个狂热的精神孑遗，例如它在约克郡西部山区紫色高沼地的哈沃斯村的勃朗特牧师家就找到了几个充满激情和想象力的跟随者。勃朗特家的几个孩子都是湖区的文学浪漫派瘾君子的狂热读者。当夏洛蒂的弟弟勃兰威尔·勃朗特在文学上还雄心勃勃的 1838 年，他写信给湖区的瘾君子华兹华斯，信中谈到随信寄去的一首长诗的序曲部分，说自己试图在其中“展现强烈的激情与脆弱的原则，它们与异乎寻常的想象力和细腻的感觉纠缠在一起，直到韶华不再，罪恶之行和片刻的欢愉因精神颓废和身体垮塌而终结”，而这种“异乎寻常的想象力和细腻的感觉”，按湖畔派文人提供的体验，来自吸食鸦片后产生的奇妙幻觉。1839 年年初，勃兰威尔读到湖区浪漫派文人德·昆西 1821 年出版的自传《一个英国瘾君子的自白》，为其诡异之美所倾倒，自此瘾君子德·昆西就成了他心目中的文学英雄。他的姐姐夏洛蒂对湖区文人也是倾慕不已，并分别给华兹华斯、德·昆西、骚塞写信，寄去作品，希望得到指点。勃兰威尔不只写信，他在 1839 年晚些时候还前往一向被勃朗特家的孩子们视为“文学圣地”的湖区徜徉过一阵，在那里与柯勒律治的大儿子哈特利交游。弗朗西斯·雷兰德认为勃兰威尔染上毒瘾是受了湖区瘾君子们的影响：

如果我们考虑到德·昆西那部杰作对年轻一代文人的超乎寻常的吸引力，那么，我们应该承认阅读过此书的勃兰威尔极有可能深受其影响。此外，让我们记住，这个年轻人的两个姊妹死于肺结核，而德·昆西说自己当初之所以能从肺结核中活过来，靠的是鸦片，而他不吸食鸦片的父亲则死于这种病。最后，不要忘记，在本世纪（19 世纪）前半叶，在文人之中，吸食鸦片可以说成了一种时髦，而德·昆西和柯勒律治的众多崇拜者相信吸食鸦片的行为是十分正当的。不过，这两位作家的前一个只是间断地吸食鸦片，我们有理由相信，处处以德·昆西为楷模的勃

> 兰威尔也是如此。因此，我们不妨想象一下，沉溺于梦幻的狂热的王国并热切地期盼赶走肺结核的勃兰威尔绝不会不去试一试这种“带来不可想象的快乐和痛苦的魔物”的效果。

湖区诗人骚塞回信给他的崇拜者夏洛蒂，让她来湖区一游，但当时夏洛蒂因苦无旅费而未能成行（她出名后就立即去了一趟湖区，以了夙愿）。1847 年 7 月 16 日，也就是《简·爱》即将完稿但其未来的文学命运和商业命运却不可知的时刻，夏洛蒂给德·昆西写了一封信，以自嘲的口吻谈到前一年她们姐妹三人出版的诗集遭到的冷遇，并随信寄去一册“聊表我们对常常而且一直以来从您的著作中所获得的愉悦和教益的感谢”。这证明夏洛蒂是德·昆西的作品的狂热读者，而德·昆西不仅著有《一个英国瘾君子的自白》，还是 1840 年和 1857 年英国对华两次鸦片战争开战之际为英国的开战派摇旗呐喊的影响广泛的两篇同名的《论中国问题》的作者。在夏洛蒂后来为闺蜜埃伦·纽西提供的一份阅读目录上，可以见到她本人最为醉心的那些浪漫派诗人和文学家，其中主要是英国浪漫派文人——司各特、拜伦、坎贝尔、华兹华斯、骚塞等，但她没有列入对她而言更为重要却对纽西可能“有害”的德·昆西——他们无一不是瘾君子，不仅认为鸦片能够增强美学敏感性，而且，像彼此串通好了似的，在他们的鸦片幻觉中，异教“东方”的场景总是不请自来。当从城市逃遁到偏远的北部湖区并在那儿尽情嘲弄工业烟雾缭绕、资产阶级掌权的伦敦的浪漫派文人老是幻想着“东方”的时候，作为帝国中心的伦敦的政界以及整个英帝国的商界也在为征服“东方”而日夜劳神。“东方”成了这个时代英国朝野的野心和欲望投射的中心。因此，并非巧合的是，喝下那杯鸦片剂后，露西的幻觉就不断出现“东方”。

从医学到美学的幻觉之流

由于英国医学界名流以及执业医生普遍将鸦片视为“毒药”，鸦片一直未能进入英国官方的处方药名录，只是一种“家庭自用药”，其剂量由使用者自己控制。但自己调制，却可能掌握不好剂量。露西喝下贝克夫人为她调制的那杯“镇静剂”，非但没能很快入睡，反倒处于一种兴奋莫名、幻觉不断的状态：

> 药力开始发作。我不知道贝克夫人用的剂量太大，还是太小，反正，结果未如她所愿。我不仅没有昏昏入睡，反倒更加兴奋，脑海里新的思绪纷呈，尤其是不断出现颜色瑰丽的幻觉。各种官能像听到集合号一样同时活跃起来，号角在吹，喇叭在响，在一个不对的时间发出召唤。想象力被从休眠中唤醒，肆无忌惮地乱窜。

1786 年英国人约翰·雷曾做过一系列鸦片实验（他本来是想以实验来证明质量好的鸦片如果以一定剂量服用，不徒无害，甚至有益)，其中之一是将四格令的黏稠鸦片溶于一杯水，让一位此前没有尝试过鸦片的年轻健康的男子喝下，结果发现，这种剂量的鸦片剂非但没有起到镇静和催眠的作用，“整个一夜，他都被接连不断的噩梦所搅扰，无法入睡”。这与露西那天晚上喝下那杯“很浓的鸦片剂”后一夜无法入眠的情形非常相似。据1817年负责孟买一家当地医院的英国陆军助理外科医生弗雷德里克·科宾在以鸦片治疗当地霍乱病人时的观察，“鸦片酊的剂量超过六十滴，就不再是兴奋剂，而是镇静剂，而剂量在十五到二十或三十滴的鸦片酊则是兴奋剂，前者带来沉睡，减去疼痛和烦恼，后者则产生不适、惊厥”。但与雷和科宾的观察对象不同，露西的梦不是噩梦，而是接连不断的奇异瑰丽的“东方”之梦。作为医学观察者，雷和科宾无法透入他们的观察对象的身体“内部”，“看见”其“接连不断的噩梦”的内容，而只能根据他们的脸部表情来判断他们在做噩梦，夏洛蒂则使用第一人称“我”来呈现露西“内部”的幻觉之流。这就使她的观察从外部进入内部，从医学进入美学。

接下来十几页篇幅，夏洛蒂大量调动色彩、声音和光影，以一种意识流方式，呈现“我”的纷至沓来的奇妙幻觉，而且幻觉和现实之间不再存在边界。正是在这些亦真亦幻的描写中，夏洛蒂从现实主义进入了“心理现实主义”，因为幻觉在这里不仅是被描绘的对象，它本身还成了一种叙述方式：如果幻觉仅仅是被描绘的对象，那至少意味着存在一个冷静的“外部”观察者和描写者，即叙述者知道自己是在描述一些幻觉而将其对象化，因此对于读者的阅读体验来说，这种描述依然是“现实主义”的，读者依然拥有正常的时空感和现实感；而当幻觉成为一种叙述方式时，就变成了“心理现实主义”，读者被置于“内部”，似乎他也服用了鸦片，正与露西一起经历幻觉与现实之间的界限变得模糊的奇幻时刻。

也正是从这些以第一人称“我”呈现的接连不断的幻觉中，盖斯凯尔夫人合理地推断夏洛蒂有服用鸦片的经历。不过，当她在那个夜晚向夏洛蒂提出这一私人疑问时，可能并不带有道德非难方面的暗示。尽管自 19 世纪 40 年代以来影响越来越大的公共卫生运动和“反鸦片同盟”将出售和吸食鸦片的行为指控为“不道德”，因此向一个标准“好女人”提出这样的质疑无疑是在颠覆其“好女人”形象，但盖斯凯尔夫人至少曾经对吸食鸦片的行为持一种宽容态度，甚至，正如她在《玛丽・巴顿》中所做的那样，为反驳一些社会评论家将吸食鸦片的行为与下层阶级的道德状况挂钩的阶级偏见，她还为下层阶级吸食鸦片的行为做了“去道德化”辩护，将其从一个道德问题转化为一个经济问题或者说贫穷问题。她承认约翰・巴顿日渐委顿的身体和“病态的”“阴郁的”“失去均衡”的思想“或许可归咎于他服用鸦片”，不过——

在你严厉指责服用或者说滥用鸦片的行为之前，想象一种无望的生活，你的身体每天因饥饿而渴望食物。想象一下不仅是你一个人，而且你的四周也同样弥漫着因同一

> 境况而产生的同样的绝望情绪，想象你周围的人用眼神和虚弱的动作明白无误地告诉你（尽管他们沉默不语）他们在贫困的压力下苦苦挣扎和沉沦，难道你不会为暂时忘掉生活及其重重负担而高兴吗？鸦片会带给你片刻的遗忘。

不过，当盖斯凯尔夫人在 1853 年 9 月的这个夜晚向夏洛蒂提出这一疑问时，离她出版《玛丽·巴顿》已有五年，而在这五年当中，英国社会舆论对出售和吸食鸦片的行为越来越大的道德责难以及报刊对吸食鸦片行为造成的社会灾难的揭发，使得鸦片不仅具有了坏名声，而且与吸食者的道德状况联系在了一起。也正因为如此，盖斯凯尔夫人才在众人皆已离开后才私下向夏洛蒂提出她是否有服用鸦片的体验的疑问，但夏洛蒂当面断然加以否认。盖斯凯尔夫人后来在《夏洛蒂·勃朗特传》中记录了夏洛蒂当时的回答：

> 她回答道，就她记忆所及，她绝对从来就没有服用过哪怕一小点鸦片，无论何种形态的鸦片。不过，她随后谈到，当她要描写一种她本人经历中所缺乏的事情时，她总是采取以下这种方式：入睡前，心里有意想着这个事情，想象它会是怎么一回事，如此接连一些夜晚，终于某天早晨，往往是在她的小说写作进展在这一点上受阻几个星期后，她一觉醒来，发现一切都无比清晰，似乎她实际经历过，然后能原样地形之于笔墨，就像实际发生过那样。

这听起来倒像是夏洛蒂最为崇拜的浪漫派诗人之一柯勒律治当初为自己的长诗《忽必烈汗：或，梦中幻境》的创作过程给出的神秘解释。在为这首长诗所添的小序《关于〈忽必烈汗〉残篇的说明》中，柯勒律治说，这首诗是在他服用鸦片剂之后的睡梦中获得的：

> 1797年夏，鄙人身患小恙，在桑姆塞特与德文郡接壤的埃克斯穆尔地区，波洛克与林顿之间的一处农舍静养。一日略感不适，于是服用镇痛剂(anodyne，含鸦片成分)，继续在椅子里读《珀切斯游记》，读至"忽必烈汗下令在此兴建宫殿御园，十里膏腴之地尽被圈入高墙"这句时，药性发作，竟在椅子里沉沉睡去，一睡便是三个时辰，至少按外在的时间算是如此，自信梦中作诗不下二三百行，如果这可以称作创作的话，梦中意象纷呈，竟如实在之物，而文思如涌，不劳知觉或意识之力，诗句汩汩而出，醒来后，记忆依然甚为清晰和完整，于是急取纸、墨、笔，将诗句一一记下……

不巧，此时有人登门，请他去波洛克一趟，他只得丢下纸笔，一个小时返回后，虽然梦境还依稀记得，余下的诗句却大多记不起来了，竟使一首完整的诗遗憾地变成了残篇。不过，虽然夏洛蒂已断然否认自己有吸食鸦片的任何体验，盖斯凯尔夫人对她的此番解释依然抱着一种怀疑态度，觉得缺乏充足的说服力。在照录夏洛蒂上面这番自辩后，她以一个客观传记家的冷静口吻加了一句议论以示存疑："我不能从心理上解释这种现象。我只能说事情就是如此，因为她是这样说的。"

盖斯凯尔夫人的存疑是有道理的。夏洛蒂显然夸张了自己的文学想象力。即便她"从来就没有服用过哪怕一丁点鸦片，无论何种形态的鸦片"，她也完全可以经验他人的经验。何况，她家里就有一个可就近观察的瘾君子——勃兰威尔。就像国王乔治三世一样，勃兰威尔最后也死于鸦片幻觉带来的疯狂，死时才二十八岁，如愿地实现了"死在韶华之年"的浪漫主义死法——罗素说："那些不能幸运地死在韶华之年的浪漫主义者，最后只得让自己的个性消磨在天主教的规矩里面。"诚然，在欧洲大陆的浪漫主义文学时代，许多浪漫派文人都是天主教徒，但不见得一个英国浪漫派文人非得就是一个天主教徒，尤其是在浪漫派运动结束之后的英国浪漫主义者那里，例如夏洛蒂·勃朗特，作为一个英国爱国者，她将她的个性消磨在反天主教的清教主义的规矩里面。

勃朗特家一直小心翼翼地将勃兰威尔吸食鸦片并最终死于鸦片这件事当作一个不能示人的家庭丑闻，如果不得不提到勃兰威尔的毒瘾，就将它归咎于与他有染的罗宾逊夫人的引诱。以下是盖斯凯尔夫人对勃兰威尔生命最后三年的情形的记述：

> 在勃兰威尔生命最后三年，为麻醉意识，他常吸食鸦

> 片……他吸食鸦片，因为它比喝酒更能有效地让他一时忘怀，此外，鸦片也更容易携带。为弄到鸦片，他使出了一个瘾君子的全部招数。当全家去教堂时，他会借口身体不好而不去，但当他们去了教堂之后，他就会偷偷溜出家门，死乞白赖从村里药剂师那里弄到一块，或者让从大老远的地方来的贩子用盒子偷偷给他带来一些。在死前一段时间，他处在极为恐怖的谵妄状态；他睡在父亲房间，有时会宣布，天亮前他们中间会有一个死去，要么是他，要么是父亲。战战兢兢的姐妹们被这番话吓坏了，恳请父亲不要住在那间房间里，以免出现危险。但老勃朗特先生不是一个怯弱之辈，或许，他感到，若自己显示出信任，而不是恐惧，就能影响儿子，使他多少恢复一下自制。姐妹们在死寂的夜里常常等着听到一声枪响，直到她们观察的眼睛和细听的耳朵因神经长期保持紧张而变得滞涩不灵。早上，小勃朗特会漫不经心地走出房间，带着一个醉鬼的毫无节制的口吻说："老头子和我度过了一个可怕的夜晚——他尽力了，可怜的老头！但我一切都完了！"（他哭诉着）"是她的错，她的错！"有关勃兰威尔·勃朗特的一切，本该由夏洛蒂本人来讲述，而不是我。

最后一句冒犯了约克郡人对已故本乡文学名人夏洛蒂的敬意，受到压力的盖斯凯尔夫人不得不在再版中将它删去。夏洛蒂活着时，在频繁写给闺蜜的信中，从来就避提勃兰威尔吸食鸦片，只说他“饮酒浇愁”。她可能只对盖斯凯尔夫人私下谈起过这起家丑，但那时她不可能想到自己有朝一日会成为一部著名传记的传主，更不可能想到自己私下对盖斯凯尔夫人谈到的家丑会被盖斯凯尔夫人用作传记材料。从夏洛蒂的私下讲述，可知风气保守的约克郡山区哈沃斯人对吸食鸦片的一般态度，将其与道德堕落联系在一起，以至勃兰威尔要死乞白赖才能从本村药剂师那里弄到一点鸦片，而老远给勃兰威尔送鸦片来的外地贩子为不引起哈沃斯人的注意，不得不将鸦片仔细包裹好；工业发达的曼彻斯特也是如此，连十几年前在《玛丽·巴顿》中为吸食鸦片的行为进行“去道德化”辩护的曼彻斯特人盖斯凯尔夫人此时也将这种行为“再度道德化”，由此可见鸦片在此时的英国社会已经成了一种公认的“罪恶”。1857 年，即《夏洛蒂·勃朗特传》出版的同年，英国议会正式将鸦片列入《毒品管理法》(修正版)所禁售的“毒品”名录，规定“自 1857 年之后，除合法医用外，所有毒品一律禁售”。具有讽刺意味的是，这一年，英国借口“亚罗号”事件向中国发动第二次鸦片战争，以扩大鸦片在中国的销售。

不过，尽管家中有一个瘾君子可抵近观察——这种观察带来的痛苦和绝望使夏洛蒂几乎放弃了他——但无论如何，勃兰威尔吸食鸦片后的幻觉，对夏洛蒂来说依然是不可知的：她能观察到鸦片给他带来的怪异言行，却不可能知道流淌在他的“内部”的幻觉之流。甚至，鸦片是否真的能够带来瘾君子们所声称的那些美轮美奂的奇妙幻觉，在相当长一段时间里都存在争议。当阿里西亚·海特1967年准备撰写《鸦片与浪漫主义想象力》一书前，她面临的就是这么一个争议："鸦片是否会对吸食鸦片的作家的创造性过程产生影响?"她考察之前的研究，发现两部结论完全不同的著作。M. H. 亚伯拉罕1934年出版的小册子《天堂之乳》认为鸦片能大大提高作家的感知力和想象力，使其越出美学常规的边界，该书"创造性地在四位瘾君子作家格拉布、柯勒律治、德·昆西和弗兰西斯·汤普森的作品中追寻那种想象模式——光的意象、声音、动作、时空意识的改变、盯着的眼睛、倾斜的建筑等，并由此推断说，鸦片能创造一个属于自身的'就像火星一样完全不同于现实世界的'梦幻世界，而当关于这个世界的记忆被复制在吸食鸦片的作家的作品中时，它们可以被辨识出来"。当盖斯凯尔夫人从《维莱特》的《幻境》一章中读出其作者一定有服用鸦片的体验时，她依据的就是瘾君子作家的"那种想象模式"。

亚伯拉罕无疑是在重复英国浪漫派瘾君子们的夫子自道，却在关注当代社会道德状况的学者那里引起了一种深深的焦虑，认为它会为当代青年吸食毒品的行为提供美学合法性，例如伊丽莎白·施莱德。海特说，"《天堂之乳》的观点占据这一研究领域达二十年之久"，直到施莱德对其提出挑战。施莱德在1953年出版的《柯勒律治、鸦片与〈忽必烈汗〉》一书中非常不满于"对柯勒律治诗歌的象征主义阐释以及认为《忽必烈汗》非得在鸦片引起的梦幻中方可创作出来的观点"，并且基于自己对当代美国吸毒者的观察，认为"《忽必烈汗》写成于1799年

10 月或 1800 年 5 月或 6 月，是受了兰德的《盖比尔》、骚塞的《撒拉巴》、弥尔顿和当时东方主题的文学时髦以及柯勒律治在哈茨山和威斯特摩兰所见到的景致的启发，这些都有直接的逻辑关系，而不是什么隐匿的象征在起作用”，即否定鸦片本身具有那种提高感知力和想象力并产生“幻觉”的神秘作用。

海特认为这两种观点各执一端。她在“仔细考察双方征引的材料”之后，又广泛涉猎“医学、传记以及批评方面的著作”。在她看来，要驳斥这两种观点的极端性，只需稍稍考察一下非文学圈的普通鸦片吸食者的想象类型即可，而她从 20 世纪美国吸毒者那里根本就没有发现 19 世纪英国浪漫派瘾君子常有的那类幻觉，有些吸毒者甚至根本就没产生任何幻觉，因此，她认为“鸦片只能对吸食者心中已有的那些东西起作用，它在当今具有自我意识的、焦虑的吸食者心中产生的效果与在 19 世纪早期的那些吸食者心中产生的效果不同”，因为“不同的罪感和焦虑产生不同的想象模式”，“诸如柯勒律治和德·昆西这样有学问并且想象力丰富的作家，他们在鸦片的作用下看到了那类幻觉，但这并不意味着当时普通的吸食者也看到了这类幻觉，同时，当今没有受过教育的、缺乏想象力的少年瘾君子在吸食鸦片后没有产生幻觉，并不意味着当柯勒律治或德·昆西说他们产生了此类幻觉时是在撒谎，或者他们之所以出现这类幻觉，是因为他们是精神病患者”。

鸦片能够扭曲感觉，产生幻觉，但鸦片本身并不一定带来“东方”幻觉，除非它被置于一种有关“东方”的想象性建构中。

中国瘾君子的幻觉是断断不会出现“祭坛和神庙，金字塔和狮身人面像”一类东西的，因为在中国，有关鸦片的想象和话语建构并没有与“异国情调”发生关系——阿拉伯世界当时并没有成为中华帝国的“焦虑”——而是与佛家和道家所描述的“仙境”相连，所谓“腾云驾雾”“飘飘欲仙”，例如曾向农民学习种植罂粟并对其致幻性颇为了解的苏辙在《种药苗》中称，用罂粟熬煮的“佛粥”（“研作牛乳，烹为佛粥”，“柳槌石钵，煎以蜜水”）有“便口利喉，调养肺胃”的药效，不徒如此，还能让人神思飞扬：“饮之一杯，失笑欣然；我来颍川，如游庐山。”（苏辙《种药苗》两首）这全是中国本地风光，尽管鸦片最早的中译名“阿芙蓉”来自阿拉伯语读音（“O-fu-yung”或“U-fyung”）的音译，证明这种植物提取液最初来自域外，而后出的“鸦片”一词是对英语“opium”的音译，证明英国人取代了阿拉伯人成了中国的鸦片输入者。英国人为了弱化对华鸦片贸易的犯罪感，经常提到中国人远在英国鸦片进入中国之前就有吸食鸦片的习惯，这混淆了两个方面的问题：其一，作为一种广泛生长于热带、亚热带和温带的植物，罂粟很早就在各地被用作一种草药，而在英国鸦片进入中国之前，来自阿拉伯的鸦片以及荷兰东印度公司的鸦片在中国法律中只允许作为“药用”，实际上，中国早在1729年（雍正七年）就已颁布《兴贩鸦片及开设烟馆之条例》，禁止非药用的鸦片进口；其二，罂粟本来只是一种自然生长的植物，而英国人却开创了现代化大规模种植鸦片的方式，将印度的万顷良田变成了罂粟地，而连片的鸦片加工厂则把这种植物提取液变成了大工业生产的产品，而且是西方现代化工业大规模生产和销售的第一种“药物”，其量之大足以摧毁一个民族的体质和心理。

海特实际上是将“历史主义”带进了鸦片与浪漫主义想象力之间的关系的研究，从而避开了亚伯拉罕的“鸦片决定论”和施莱德的“鸦片无关论”的非历史论断。毕竟，不管此前和此后的瘾君子的文学想象以怎样的模式出现，18 世纪末和 19 世纪上半叶英国浪漫主义诗人和作家的鸦片幻觉却群体地呈现出相近的想象模式，其中最为突出的是“东方”。考虑到英国浪漫派的才子佳人们的足迹几乎从未到过“东方”，那么“东方”在他们的鸦片幻觉中总是像一个自动装置那样及时弹出，就足以证明他们有着共同的“焦虑”，正是这种共同的“焦虑”产生了相同的想象模式。奈杰尔·利斯科从英国浪漫派文人笔下挥之不去的“东方”幻觉里敏锐地发现他们内心存在一种“帝国的焦虑”：当他们将“东方”描绘为一种美轮美奂的、奢侈肉感的形象时，他们表达的是一种对东方的欲望；当他们将“东方”描写为腐败、异教、野蛮人、道德堕落、瘾君子、“流行病”的形象时，又对来自“东方”的“污染”产生了一种焦虑，仿佛“东方”正在一点点剥蚀“我们身上贴着(的)新教徒和英国特征的标签”。

夏洛蒂完全不必亲尝鸦片，也能栩栩如生描写服用鸦片之后的身体反应和幻觉，因为她不仅是一位有想象力的作家，还是一位有想象力的贪婪读者，生活在其文学前辈们丰富的文学经验里，而此前和当世的一些有写作才能的瘾君子已提供不少足资借鉴的文学范本，既有报刊文章，也有诗歌、小说、自传、随笔。换言之，当夏洛蒂在《维莱特》中描写露西服用鸦片后的幻觉时，她面对的并非一个必须由她本人去探求的陌生经验领域，她不过在经验他人的经验，因为此前和当世各类有关吸食鸦片的体验的描述早已形成一个被充分“符码化”的想象空间，以至对鸦片吸食者和并非吸食者却试图描写鸦片体验的那些文学家具有了一种心理暗示效果，左右着想象的方向——“东方”。夏洛蒂显然对这些作品中有关鸦片及其幻觉的内容非常熟悉，但问题是，《维莱特》的《幻境》一章里呈现出来的鸦片幻觉，虽然其中少数片段可以看出对“他人经验”的挪用和风格化处理，其主体部分（“我”在充满爱国主义“庆典”气氛的夜晚的维莱特街道、“巨宫”和“公园”的梦游）却明显是她本人的“想象”和“创造”，在浪漫派以及其他瘾君子笔下从来就没有出现过类似的幻觉场景。夏洛蒂本人，正如前文所引，也强调这些幻觉是她自己的“梦的想象”。

果真如此，还是夏洛蒂有意将《幻境》的创作过程“神秘化”？考虑到此章长达二十多页，就像柯勒律治《忽必烈汗》长达数百行，不太可能是“一觉醒来”后对一个连续的漫长的梦的记录，而更像是对一个连续的“白日梦”的重新组合。但《幻境》中的鸦片“幻觉”绝非“白日梦”或者“想象”。就像施莱德认为《忽必烈汗》的创作受到“柯勒律治在哈茨山和威斯特摩兰所见到的景致的启发，这些都有直接的逻辑关系”一样，《幻境》也有现实来源，是夏洛蒂对她 1851 年 6 月到 7 月间多次参观伦敦万国工业博览会展馆“水晶宫”时的观感的直接挪用，和“鸦片”或者“想象”没有关系。

布思说“鸦片改变了某些感官的感知方式”，但改变感知方式的不只是鸦片，类似“水晶宫”这种刻意将光影和声音处理得足以产生“非现实”之感的庞大现代玻璃建筑对那些已习惯于约克郡西部荒原并偏爱废墟和古堡的人来说也可能造成感官的某种震动，就像服用鸦片之后造成的相似情形。关于感觉的扭曲，夏洛蒂在解释简·爱何以出现“幻听”（“简——简——简——”）时，对它有生动的描绘：“感觉的奇妙的震颤就像地震来临一样……启开了心灵密室的门，松开了它的羁绊——将它从沉睡中唤醒，它战栗地起来，惊骇地谛听，然后，我的警觉的耳畔回荡起三声呼唤，穿透了我战栗的心，穿透了我的灵魂。”

发烧、偏头痛、不安稳的睡眠以及置身于一个梦幻色彩的场景之中，对一个神经敏感的人来说，都可能造成感官某种程度的扭曲，而写作《维莱特》之时的夏洛蒂恰好处在这种精神的和身体的境况中。在 1852 年 2 月写给盖斯凯尔夫人的一封信中，她详细谈了自己的身体状况：“上次给你写信时，我还以为自己的精神萎靡已然过去了，但现在又回来了，而且反弹得更严重。身体内部肿胀，然后发热；我的右边身体痛得要命，胸口发烫发痛；我几乎夜不成寐，或者即便睡着了也噩梦不断；我的胃口不好，低烧一直伴着我。”正是在这种连续低烧而又夜不成寐的恍惚状态中，夏洛蒂开始构思并创作《维莱特》。

这个时期她几乎一直待在荒凉的哈沃斯村，又病又孤独，并焦虑自己去年在博览会期间热闹非凡的伦敦停留一个月的丰富经历会使自己对陷在崇山峻岭之中的哈沃斯村的生活产生厌倦之情。实际上，1851 年 6 月 11 日她从伦敦写给闺蜜纽西的信中就预感到了这一点，信中说自己在伦敦有“快乐的时刻，但这些是我应该排斥和节制的快乐，它们无益于我的将来，只徒增我将来的孤独”。但尽管她刻意“排斥和节制”这些快乐，潜意识里的某种“摆脱常规”的欲望却呼唤着她，使她一次次梦回那色彩缤纷的外部世界——此时，伦敦及其“水晶宫”就带着其“异国情调”不断浮现在她眼前。当她为自己正着手创作的这部小说寻找一个作为枢纽的地点时，伦敦这座位于帝国中心的“巴比伦城”“大巴扎”，这座到处充斥着“异国情调”的帝国大都市，就成了不二之选：它正是连接英国和海外的中转站，是从“英国性”过渡到“帝国性”的一个象征。

谈到“国家”，本尼迪克特·安德森在 1983 年出版的《想象的共同体》中归纳道，“现代概念”的国家有着一个边界明晰的“法定疆域”，国家主权在这个疆域内的“每平方厘米所发生的效力，是完整的、平摊的、均匀的”，“但在较古老的想象里”，“王权将一切事物围绕一个至高的中心组织起来”，“国家是以‘中心’来界定的，国与国之间的边界相互交错，并不明晰，主权也不无相互渗透、相互重叠之处。因而，这种前现代帝国和王国能轻易维系它们对彼此之间具有巨大异质性而且通常居住在不相连的领土上的人口的长期统治，实在是颇为吊诡的”。这正是维多利亚时代有着“日不落帝国”别称的英帝国的写照。

帝国区别于国家的标志,是它不得不容纳帝国急剧扩张过程中被纷纷纳入帝国疆域或势力范围但尚未来得及——或不具备充分能力——进行文化和社会“整合”的那些边缘地带的异质文化和宗教,帝国以一种或可称之为“帝国主义的文化多元主义”来显示帝国达于全球的威望,同时,作为一种殖民统治策略,既显示帝国的宽容,又节省帝国殖民统治的成本。这种帝国性典型地体现于1851年伦敦万国工业博览会,就像夏洛蒂走进博览会展馆“水晶宫”时所感受到的那样:“地球各个角落的财富汇集在这里。”这一句话被夏洛蒂稍加改变,挪作了在鸦片幻觉中走进维莱特城的“巨宫”的露西的观感:“整个世界似乎都汇聚在这儿。”问题是,既然夏洛蒂本人不必服用鸦片就能产生这种“美轮美奂”的“东方”幻觉,她又为何一定要让她笔下的露西服用鸦片然后产生同样的幻觉呢?

东方集市"水晶宫"

1851年5月28日，夏洛蒂应她的出版商乔治·史密斯和审稿人威·史·威廉斯之邀，从哈沃斯村来到正在举办首届万国工业博览会的伦敦，住在海德公园附近的格罗切斯特街，与海德公园里的伦敦万国工业博览会展馆"水晶宫"只有咫尺之遥。作为一个彰显大英帝国的国际地位并以此激发英国人的爱国主义的"国家庆典"，"水晶宫"及其所在地海德公园、与海德公园相邻的街道全都进行了彩灯装饰。博览会期间"水晶宫"和海德公园每天下午六点关闭——那时，"钟声将在'水晶宫'内响起"——但暮色来临，华灯初上，四处的彩灯犹如繁星，海德公园外的街道上人群熙熙攘攘。夏洛蒂在格罗切斯特街的旅馆住了一个多月（中途换到同一条街的另一家旅馆），白天活动很多，例如去听萨克雷的讲座——盖斯凯尔夫人发现《维莱特》中伊曼纽尔的讲课场景来源于萨克雷在伦敦博览会期间的系列讲座，说"夏洛蒂对我谈到的对萨克雷的讲座的评论与我随后从《维莱特》中读到的相关评论一致"——去参观"水晶宫”,去教堂听布道,等等;有些夜晚,她离开旅馆,在朋友陪伴下,沿着海德公园的栅栏散步,去参加威·史·威廉斯在家举行的夜会,去看法国女演员拉歇尔的演出等,从海德公园栅栏的空隙能看见公园里的树上流光溢彩的灯饰、被照亮的空寂的小道以及屹立在林间空地的喷水池、雕像,还有那座富丽堂皇的玻璃建筑。

这些频繁的活动和应酬让她既兴奋,又疲惫不堪,并预感到返回孤寂的家乡后可能因“欢乐不再”而伤心。她写信给闺蜜纽西,说“许多夜晚,我在极端的悲伤中度过”,而本来就弱的身体此时更弱了,“上午我在一种难以言表的无精打采的状态中给你写信,从前天开始,一直到整个昨天晚上,我的头变得越来越痛,最终变得狂乱而剧烈,这番折腾过去之后,我更加虚弱了,今天早上我一点力气都没有,简直弱不禁风”。不知夏洛蒂在“整个昨天晚上”的“狂乱而剧烈”的头疼中是否独自离开了格罗切斯特街的旅馆,双脚飘忽地沿着海德公园栅栏外面的街道游走,不过,在一年后创作的《维莱特》的《幻境》一章,我们可以读到,在维莱特的“庆典”之夜,因头痛欲裂而被迫服用了鸦片并感到神思恍惚的露西独自离开贝克夫人的寄宿学校,沿着充满庆典气氛的维莱特的街道游走,去寻找“维莱特公园”和坐落于公园里的那座“巨宫”。

并非巧合的是,“水晶宫”这座巨大的玻璃建筑本身也是按照给参观者带来“非现实”之感的原则来设计和装饰的,它就像瘾君子们在幻觉中看见的那种“非现实”景象的现实化,或者说现实本身变成了幻觉。“水晶宫”建在海德公园南边的一大块空地上，是一座东西走向、外观类似花房的庞大长形穹顶建筑，设计者为皇家园艺家约瑟夫·普莱斯顿，一个善于设计以“玻璃天顶之下的热带景物”为特征的巨大花房的苏格兰人。“小冰期”的寒冷气候总让高纬度的英国人梦想着“东方”或者“南方”的阳光，而约瑟夫设计的玻璃天顶使得花房内部光线充足，温暖如春，奇花异草生长茂盛，呈现出热带的野趣，将遥远的热带安置在了高纬度的英国。普莱斯顿拒绝使用砖石这类灰暗的、阴郁的、容易落尘的、遮蔽光线的而且不易拆卸的传统建筑材料，当他赶在征稿截止日期前九天为博览会庞大的展厅画出设计图时，他头脑里浮现的就是一个成倍放大的玻璃花房，而且，它的内部也的确像大玻璃花房一样摆满高大的热带植物。

“水晶宫”最初被称为“玻璃宫”，取自“英诗之父”乔叟的诗句：“我睡着了，梦见自己身处一座玻璃宫。”为博览会撰写手册的约翰·廷布斯评价说这首五百年前“用英国民族语写就的诗与我们的博览会的开幕仪式如此贴合，似乎证明这位诗人和预言家昔日的想象有先见之明”，而乔叟的这行“我睡着了，梦见自己身处一座玻璃宫”被印在了博览会皇家委员会编订的展品目录的扉页，似乎刻意在参观者那里唤起一种梦幻色彩。但如果按博览会皇家委员会主席、维多利亚女王的丈夫阿伯特亲王的要求，这座“水晶宫”的设计要“展现英国的伟大”，“展示英国在世界的地位”，那么，它明显缺乏“英国性”就显得有些奇特了，但它恰恰通过展现远离英国的“热带”或者“东方”的景象，证明大英帝国的殖民力量遍及全球，能够将地球各个角落的财富汇聚于伦敦，而这正好展示了“大英帝国的辉煌”及其“世界帝国”的雄心壮志。“水晶宫”是“帝国性”的象征。

普莱斯顿的“水晶宫”设计方案受到英国在南美的殖民地圭亚那的一种水生植物的启发，即1837年——也就是维多利亚女王登基之时——发现并以维多利亚女王的名字命名为“维多利亚睡莲”的圭亚那巨型睡莲。1849年，普莱斯顿成功地在他的玻璃花房里培养出了这种南美睡莲。他观察睡莲叶子纵横交错的叶脉，灵机一动：既然这些纤细的叶脉能够支撑睡莲巨大的叶面，那么，以纤细的钢条作为支撑结构，然后在钢筋方框中嵌入巨大的玻璃，就能建造一座巨大的玻璃宫。这座被认为体现了当时英国最新工业技术以及“艺术时尚”（所谓“艺术时尚”被证明乃是“东方情调”）的巨大玻璃建筑，不徒其外观设计的灵感来自英国在南美的殖民地的一种植物，它内部的装饰以及展品摆放方式也复制了英国在东方的殖民地的“巴扎”（Bazaar）风格。在博览会于1851年5月1日开展后不久，廷布斯评论道：

> 或许法语中可被称为“展会”的那种产品展示，最早可追溯到零售商的橱窗里的货架，但我们必须在东方才能找到真正的产品博览的起源，此即东方的集市（Oriental Bazaars），它的展品分类体系为伦敦博览会所部分采用。“Bazaar”这个词来自波斯语，其原初意义为“集市”“市

场”。在土耳其、埃及、波斯和印度，这个词被用来指称城镇的商业区域，但“Bazaar”的真正原则是将不同类别的商业场所连成一片，正如博览会的英国馆所采用的原则。

与英国传统的室内零售商店不同，“东方的集市”（巴扎）是一个街巷相连、室内室外连为一体的功能齐全的商业区域，就像一座“小城”。“水晶宫”像“东方的集市”一样分布着纵横交错的“街巷”，各国的展厅以及分类展厅沿着这些“街巷”左右排列。“水晶宫”正门是一道铁制门廊，上方是一个缀满灯光的巨大玻璃穹顶，从门廊沿南北方向的玻璃天顶的“主道”往里走，“西边是英国、印度及英国殖民地的产品展厅，东边则是外国产品的展厅”。廷布斯说，这种布局“公然违反地理原则，（位于中部的）主道被说成是‘海德公园世界的赤道’，一边是印度和英国殖民地；另一边，中国、突尼斯、巴西、波斯、阿拉伯、土耳其和埃及挤在一处，均属热带区域”。

“主道”是一条宽敞的长廊，两侧墙上挂满各种颜色和形状的英国毛毯和印度披巾，长廊中间沿线摆满了“异域雕刻和雕像”，还有巨大的喷泉。许多装饰性艺术品都是用塑料和纸板仿制。“印度和英国殖民地”及“东方”国家的展品和建筑充满了异国情调，如“印度馆”里有一个房间设计成富丽堂皇的印度宫殿的样子，“外面摆放着一溜巨大的泥俑”，“里面则挂满了印度披巾、地毯、地垫和混合织品”。尽管鸦片战争带给中国的耻辱以及外交礼节问题使中国政府无意去伦敦为博览会增添光荣,但负责博览会的皇家委员会还是在“主道”尽头的一个角落设了一个小小的“中国馆”,里面的展品几乎全来自英国人的私人收藏,其中不少是1840年到1842年对华鸦片战争中英国军人掠来的战利品。“让人感兴趣的”还有一只中国走私船模型,它似乎说明是中国人自己在走私鸦片:“中国馆里面还有一个小房间,展示着鸦片走私船的一个模型,我们几乎没有必要提醒我们的读者那些从事这项非法运输的人不断面临的危险。”“水晶宫”里还有不少主题展厅,分别摆放火车机车、印刷机、织布机、马车、马具等,当然也少不了钻石、珠宝、帽子。1867年参观过巴黎博览会的清朝外交官张德彝将此类博览会译为“炫奇会”,倒是颇为贴切。

“水晶宫”的内部装饰委托给了著名的装潢设计师欧文·琼斯,“他对色彩的研究,他对埃及和广义的东方以及西班牙和其他欧洲国家的用色的系统知识,使他足以适合这一趣味工作”。为避免色彩单一,琼斯从东方古代建筑的内部装饰颜色受到启发,建议展厅内部也使用“蓝色、红色和黄色,其对应的比例可以中和或者抵消对方,这样,没有一种颜色占据上风,或使眼睛疲劳,而展厅里的全部展品却与各种颜色相得益彰”。来自玻璃天顶的光线反射在“水晶宫”里红色、蓝色、黄色的背景颜色以及琳琅满目的各式展品上,再加上高高隆起的巨大内部空间产生的回声效果,给参观者的感官带来了一种新体验,有一种如梦如幻的非现实感觉。或者毋宁说“水晶宫”设计的目标就是成为一个幻觉,一个自己可以制造、激发幻觉的幻觉,而这些幻觉的特征是“东方情调”。顺便一提的是，1853 年秋盖斯凯尔夫人去哈沃斯村看望夏洛蒂时，发现她显然把那座乡村风格的牧师住宅的客厅进行了装修，“主色调是深红色”，把她在《简·爱》中以浪漫主义之笔涂抹的凄冷荒凉却诗意盎然的高沼地关在了外面。夏洛蒂以“深红色”来装饰客厅，显然受到两年前她在“水晶宫”里见到的那种足以产生“非现实的效果”的用色方式的影响，而她正是在这个“深红色”空间里创作了《维莱特》。

“水晶宫”所在的海德公园也做了相应布置，树木的边缘装饰了一条条五颜六色的彩灯，林中空地建起了雕像、方尖碑、喷水池等装饰性艺术品，其中当然也少不了“东方”，例如一座二十英寸高的金字塔，它的石头来自“康沃尔的靠近盆林地区的采石场”，还有“埃及神庙”和“狮身人面像”等，让人仿佛置身于“东方”，或者说，“东方”已被作为战利品陈列于伦敦海德公园。“东方情调”成了时髦的装饰和艺术趣味。博览会 5 月 1 日开展，维多利亚女王与阿伯特亲王主持了开幕式。“水晶宫”天天游人如织，参观“水晶宫”成了 1851 年英国人的盛事。

伦敦博览会的全称是“万国工业博览会”，但突出的是英国的辉煌成就。这个博览会同样也是“万国人种博览会”，突出的是白种人的优越。特雷·埃林森谈到伦敦博览会期间伦敦的人种巡回展时说：

人种学不再只是小圈子的专业学问，它同样变成了一

> 个大众娱乐工业。美国的演出经纪人P.T.巴伦策划了将一些美洲印第安人运到伦敦进行巡回展出，他常常与艺术家兼人种志学者乔治·卡特林合作，而后者在伦敦博览会期间资助了在“水晶宫”展出一个中国家庭，他梦想能够“将经由陆地和海洋可以到达的所有国家的人种代表汇聚一起，组成一个万国大会，进行巡回展览”。他接着说：“我的意思是，从每一个国家，无论文明之国，还是野蛮之国，各选一男一女……直到现在，我依然认为，没有比这样的博览会更有趣的了。”

这样的活人展品只可能是“野蛮人”。早在1842年8月，也就是第一次鸦片战争刚结束，一位叫内森·邓恩的美国人就在伦敦海德公园阿伯特门附近建起了一座“唐人馆”，到1851年伦敦博览会开幕后，“唐人馆”又增添了一组活人展品。“唐人馆”登在《伦敦展会指南》上的整版广告云（黑体字与原广告字体设计相同）：

> 绝世诱惑——**中国淑女辜婉叶**，芳龄十七，金莲不足两英寸半！随其展出的还有她的贴身女仆、**中国乐师**、两个有趣的中国幼童，其中男孩五岁，女孩七岁，及其保姆，每日上午十一点到下午一点、下午两点至五点、下午六点至晚上十点在海德公园阿伯特门唐人馆展出。辜婉叶女士将咏唱中国歌曲，由中国乐师以中国乐器伴奏，时间为

每天中午十二点、一点，下午两点半、三点、四点、五点，晚上七点、八点、九点。**两场展览**的门票只一先令。

这年8月，博览会开幕式已过去三个月，由在华英国传教士、商人和驻华领事资助，一艘装着丝绸、茶叶等中国特产以及一个中国家庭的船在经历从广州到英国海岸的漫长海上航行之后，终于驶入泰晤士河。这个中国家庭——“中国士绅钟阿泰及其两个小脚妻妾、一个小姨子”，还有一位婢女——立即受到伦敦报刊的格外关注，维多利亚女王一家还在怀特岛上的行宫接见了这个中国家庭，“他们此行的目的之一是参观在伦敦举行的万国工业博览会，上周六他们已经达成了心愿。由于女眷们都缠小脚（她们的鞋底只有1.5平方英寸大）这一令人无奈的特点，她们显然不适合去挤博览会的人群。一个更为妥善的办法就是让她们趁上午为残疾人安排的专场去参观。所以他们便穿上了本国生产的漂亮刺绣绸缎衣服，坐在巴斯的轿椅里，被人抬着去‘水晶宫’里转了一圈”。在博览会期间，夏洛蒂想必看到了这些“活人展览”或者报道，她在《维莱特》中借小波丽之口谈到“一个中国淑女”，说她“有一双比我的还要小的脚”；当布莱顿夫人为准备参加音乐会的露西定制一件“粉红色裙装”时，露西的拒斥心理颇可玩味：她“感到自己立即就要被穿上这件中国淑女的衣服，急忙说：‘它不适合我。’……我绝不会穿它，我想任何人都无法强迫我穿上它。一件粉红色衣服”！不过，她最后还是被迫穿上了它，并在布莱顿夫人要求下走到镜子前:“我带着恐惧和战栗站到镜子前,看见镜子里的自己更感到了恐惧和战栗,于是便扭头走开了……这件衣服让我感到羞耻和滑稽。”夏洛蒂向来坚持自己的英格兰式的传统女装,作为自己的“英国标签和英国特征”,她恐惧自己穿上这件“粉红色裙装”之后看起来像一个“中国淑女”,这让她感到羞耻和滑稽。

抵达伦敦的次日(1851 年 5 月 29 日),夏洛蒂就在朋友陪同下参观了“水晶宫”。她在给父亲的信中这样描述这座集现代工业技术和时髦的装饰艺术于一身的庞大建筑:“它的外表有一种奇妙的、雅致的但某种程度上非现实的效果,它的内部像一个巨大的浮华世界,到处充斥着明亮的颜色,在那里可以看到各种各样的物品,从珠宝、珍妮纺织机到印刷机,应有尽有。它精巧、美轮美奂、生机勃勃,却令人迷惑。”在给闺蜜纽西的信中,她将水晶宫说成“魔鬼宫殿和大型巴扎的混合”。几天后,她在另一位朋友的陪同下再次参观了“水晶宫”,并在给父亲的信中报告道:

> 我们在里面待了大约三个钟头,我得说,这次参观比上次更令我震动。它是一个奇幻之宫——巨大、奇特、崭新,难以描绘。它的辉煌不在于一物,而在于所有的物的奇特组合。从那些摆满铁路机车、锅炉、正在运转的磨面机器、各式各样的漂亮马车、形态各异的马具的大厅,到那些摆满金匠和银匠所制作的精妙工艺品的罩着玻璃罩、铺着天鹅绒的展架以及那些装着价值成千上万英镑的钻石

> 珠宝的严加守卫的珠宝箱，您可以找到人类工业所创造的任何东西。它或许可被称作一个巴扎或者市场，但这是一个东方魔怪创造的巴扎或者市场，似乎只有魔术才能把地球各个角落的财富汇集在这里，似乎只有神灵之手才能将这一切安排成这样，而且展馆内部光线通亮炫目，色彩对比如此鲜明，具有惊人的效果。充斥于各条通道的人群似乎在某种看不见的力量的影响下变得规规矩矩、服服帖帖。我去的那天共有三万参观者，但在他们中间听不到一声喧哗，见不到一个蠢动——人潮只是平静地往前波动，发出连续的低沉的声音，就像听到远处的海的声音。

一个月内，夏洛蒂先后五次参观“水晶宫”，但她觉得这座庞大的现代玻璃建筑不太符合自己的性情，总是带着厌倦的口吻谈到它，并屡次表示自己更喜欢去听萨克雷的系列讲座——她对那里的室内环境更加满意（“四面墙壁都刷了金粉，座椅是包了填充物并有靠垫的沙发，外面裹着蓝色的锦缎”，这大概给她带来了家庭客厅的感觉）。实际上，身形矮小并穿着朴素的英国乡下衣装的夏洛蒂在挤满大都市时髦人物的梦幻般的“水晶宫”里感到的是一种不自在。尽管她自小就通过《一千零一夜》以及其他有关东方的故事想象着遥远的东方，但一旦置身于“东方”景象，她却感到身份的困惑。在 1851 年 7 月 14 日返回哈沃斯村之后回复伍勒小姐的信中，她要求伍勒小姐“不要再逼迫我谈有关‘水晶宫’的话题了。我去过那里五次，的确也看到过一些有趣的东西，你只要上那里看上一眼，就足以感到震惊和困惑，但我无法在这个话题上产生任何狂热，后来四次参观均是友人强拉而去，而非出自我的意愿。那是一个纷扰的场所，更主要的，它的奇幻之处过于诉诸人的眼睛，而罕能触及人的头脑或者心灵”。夏洛蒂感到“水晶宫”与她的“头脑或者心灵”存在一种隔阂，是一个异质的他者，她因为对它感到困惑而下意识地排斥它，因此，尽管她一次次使用“巴扎”“东方魔怪”等词来描绘它，却几乎没有谈及“印度和英国殖民地”“中国”以及其他“东方”国家的展馆及其展品，还有分布在海德公园里的那些“东方”建筑，而且她一再写信明确告诉对“水晶宫”充满好奇的朋友们，不想就“水晶宫”再费笔墨。但所有这些与“东方”有关的物品，连同“水晶宫”及其所在地海德公园，却奇特地出现在一年后她创作的《维莱特》的《幻境》一章中，出现在女主人公露西服用鸦片后的幻觉中。

在服用贝克夫人调制的那杯“饮料”后，露西的眼前浮现出子夜的维莱特街道的幻觉，她“看见”一座公园，“一座夏日公园，里面长长的小径显得安静、空落、安全。那里，在树荫深处，有一个巨大的喷水池——我记得它，我曾在它的旁边站立过——清凉洁净的水从池边溢出来，它的底座缀满了茂盛的绿色灯芯草”。这显然是海德公园里那个巨大的喷水池。但“公园的门关了，上了锁，外面还有卫兵巡逻”，不过，“以前，当我从旁走过时，我曾看见过栅栏有一处缺口——那片栅栏垮塌了。此刻，我在回忆中又记起了这个缺口，我看得清清楚楚”，于是，她决定从这个窄窄的缺口溜进公园,"在这个时刻,这整个公园就成了我一个人的了——这个月色清辉的子夜的公园"。"在燥热的六月之夜,密闭的空气令人难以忍受,但房间的门是打开的",她蹑手蹑脚走出贝克夫人的学校,走上充满"庆典"气氛的街道,去寻找"那个公园",却被"一种浪潮般的、流淌的声音"所引导——

> 发现自己走进了一座巨宫,像魔术一样,突然我就置身于一大群活灵活现、快快乐乐的人群。维莱特是一个光线炫目之地,一个巨大的光线通透之所;整个世界似乎都汇聚在这儿;月光和夜空被隔在外面:这座小城,在它的那些巨大灯盏的照耀下,看见了它自己的辉煌——艳丽的服装、华丽的马车、漂亮的马匹、绅士般的骑手拥挤在它明亮的街道上。我甚至看见了许多面具。这真是奇妙的景象,比梦境还奇妙。但公园在哪里?——我应该离它很近。这里灯光四溢,那座公园肯定就显得昏暗、安静——那里,至少会没有火烛、灯光和人群吧。

她在这座"水晶玻璃"的宫殿里游走着,"看到那些茂盛的盆栽植物映衬在肋架之间的巨大的玻璃上"。她从这座"巨宫"走出去,注意到"并列的石柱之间的铁制门廊上方覆盖着巨大的穹顶,上面缀满星星,使它光彩夺目"。她走进了"维莱特公园",发现自己置身于——

> 一片魔幻之地，一个美轮美奂的花园，一片闪耀着彩色流星的平原，一座因用紫色、宝红色和金色的灯光来为树叶缀边而流光溢彩的森林；在一个地方，没有树木和阴影，而是一些奇妙的建筑瑰宝——有祭坛和神庙，有金字塔、方尖碑和狮身人面像：真是不可思议，埃及的奇迹和象征布满了维莱特公园……这整个场景都带有一种如梦如幻的特征；每一种形状都轻轻波动，每一个动作都飘浮不定，每一种声音都像是回声。

不过，几分钟后，她发现眼前这些辉煌的建筑是用“木头、颜料和纸板”制作而成的，并非真正的“东方”，只是“东方”的符号，尽管如此，“这些发现还是丝毫未削弱它们的魅力，或葬送这个夜晚的奇妙”。她在这游人如织的充满东方情调的公园里走动着，四处的人声以及其他声音远远传来，就像“大海的涌浪化为了乐音”。露西在这东方情调的场景里突然发现了贝克夫人，同样也是一副“东方情调”：“那儿，站着一位女士，肩披印度披巾，头戴一顶浅绿绉丝女帽——看上去青春洋溢、体态丰满、漫不经心、讨人喜欢——她正是贝克夫人。”

如果将夏洛蒂 1851 年 5 月到 6 月居住在海德公园附近的旅馆的经历并五次参观“水晶宫”时所写的私人书信与《维莱特》中的鸦片幻觉对比一下，就会发现她基本上是将私人书信里的相关内容挪入了小说。1851 年伦敦万国工业博览会的展馆“水晶宫”及其所在地海德公园在小说中化为“维莱特”这座

“小城”（它的“巨宫”和“公园”）。露西的充满“东方情调”的鸦片幻觉正是夏洛蒂的潜意识：这个处处以传统的“好女人”的清教主义行为准则要求自己的女人——她一生的活动中心几乎都围绕着哈沃斯村和她的家庭——内心却焦虑自己的一生会葬送在哈沃斯村，渴望远走高飞，梦想着在别处的世界的一场场奇遇，并通过她笔下的人物简·爱、圣约翰牧师、露西·斯诺幻想性地实现了这个梦。克里斯汀娜·艾肯斯写道：

> 露西严格遵从良好举止和朴素衣着的道德教条，这使她不太可能成为有关文学中的鸦片这一话题的讨论的对象；实际上，许多读者忘记了露西在小说中服用过鸦片，而批评家尽管经常谈到露西·斯诺服用鸦片后在举行爱国主义庆典的街道上夜游，并将其评价为一个“著名”的文学事件，但他们几乎没有谈及鸦片本身在促使露西夜游方面的重要性……露西喝下的鸦片剂驱使她进行了梦幻之游，从而使想象力和幻想越出了婚姻指向的情节，并改变了她与权威的关系。一个“好女孩”角色服用鸦片剂，也揭示了鸦片作为维多利亚社会的核心议题以及一个女性人物对试图节制和控制她的身体的强大医学权威的反抗。尽管鸦片激发出“波西米亚”的因素（想象力、流动性、药物幻觉），但鸦片没有料到这个好女主人公的欲望，给她提供了一个短暂的逃离家庭牢笼的机会，一个为她的离经叛道的行为提供合理性的借口，一次与离经叛道的作家和行为令

人惊异的结盟。

这种“女性主义”的批评强调鸦片之于露西对“医学权威”的反抗的作用，却忽视了她对“美学权威”的屈从：比之以医学实验证明鸦片的毒性并试图从法律上禁止鸦片贸易的“医学权威”（如前文提到的那些名医），这一时期的更为强大的“美学权威”（如浪漫派文人）与英帝国的海外拓殖事业有着更内在的关联，即为其提供了美学的和道德的合法性支持。经由鸦片的作用，在那个夜晚，露西短暂离开了夏洛蒂在白天参观“水晶宫”时基于“居家理想”而对它的常规看法，沉醉在对纷至沓来、目不暇接的“东方的”或“怪诞的”景象的美学体验中。实际上，英国浪漫主义不仅陶醉于英国本地风光以及英国中世纪，还陶醉于充满“东方”色彩的“异国情调”：前者事关“英国性”的建构，后者事关“帝国性”的表征。

在“英国性”和“帝国性”之间进退失据

在 19 世纪上半叶的英国作家中，或许夏洛蒂是最不该描写鸦片的“神奇疗效”及其带来的“美轮美奂”的幻觉的一位。因为她深知鸦片之害，而且，就她的家庭经历来说，她不得不把鸦片当作一种可怕的致命的“毒药”。她笔下的露西也并非主动服食鸦片，是贝克夫人在她完全不知情的情形下在她的饮料里“下了药”，而露西意识到自己喝下的竟是鸦片剂时，头一个感觉是恐惧。这种对鸦片的恐惧足以显示夏洛蒂或露西对鸦片的认识程度和拒斥心理，在她眼中，鸦片和毒药没有什么两样，而根据小说的暗示，妒火中烧的贝克夫人至少在潜意识里想用这种毒药去掉露西这个横亘在她与伊曼纽尔之间的障碍。这一点，在小说第四十一章《克鲁太尔德郊区》中可以得到证实：将去西印度群岛的伊曼纽尔正在花园里与露西依依不舍地告别，贝克夫人走过来，挡在他们中间，逼伊曼纽尔赶紧回房间。露西害怕他走，伤心欲绝地喊道：“我的心要碎了！”无动于衷的贝克夫人却冷冷地对伊曼纽尔说：“把她（露西）交给我。

她这是发病了，我给她喝点露酒，她就会好的。”露西对此的反应是一句绝望的心理旁白：“把我交给她和她的露酒，对我来说就像交给投毒者和她的毒药。”随后，在同一章中，露西对保罗谈到贝克夫人那天夜里给她喝“下了药的饮料”。这里，“下药”和“投毒”产生了一种意象重叠。

家里一直病人不断且本人常年患有神经性头痛的夏洛蒂对药物学有一定知识，她对患了肺结核的弟弟勃兰威尔吸食鸦片向来讳莫如深，而当妹妹艾米莉和安妮接连患上肺结核乃至病入膏肓时，她也压根儿没有建议使用鸦片来试试运气。从1849 年 1 月到 4 月夏洛蒂写给好友的几封信中可以读到，她让安妮服用的是“鳕鱼肝油”和“碳酸酯”。在 4 月 20 日的一封信中，夏洛蒂还提到医生的看法：“几天前，我给福布斯医生写信，征求他的意见……他告诉我们不要对康复抱过于乐观的态度。他认为鳕鱼肝油是一种特别有效的药。”正如《简·爱》中的执业医生卡特，福布斯医生也绝不会提议自己的病人试一试鸦片。当然，温暖的气候更被普遍认为是肺结核病康复的关键，例如安妮在 1849 年 4 月 5 日给朋友写信说：“医生说，换换空气，或去一个气候较好的地方，肯定能治愈肺结核病，但这种疗法需要及时才行；至于为何最终会有许多病人没能恢复，原因在于耽搁了太久，以至有些晚了。”

如前所述，在《维莱特》中，“opiate”一词只在一个场景中出现过一次，在其他地方，鸦片被替换成“sedative”“palliatives”“narcotic”“drug”“medicine”“cordial”“draught”“drops”或者

“poison”等，仿佛露西或夏洛蒂刻意回避“鸦片”的名称。不过，露西并非只服用过一次鸦片，小说其他几处有关露西患病及服药的描写，虽回避了药名，但我们依然可以从“药效”加以推测——并非没有根据的推测，因为作者在描写时所使用的比喻并非没有来源。就像夏洛蒂时代的博学者，夏洛蒂本人自小就开始了广泛的阅读，对她那个时代最有影响的欧洲作家的作品非常熟悉，善于从其中化用一些比喻。例如在第十五章《漫长的假日》中，露西病倒了，躺在教师宿舍里，“那天深夜，十二点至一点之间，一个杯子逼近我的嘴唇，里面盛着又黑又浓且味道奇特的水，绝不是从哪口井里打来的，它翻腾着，像是从浩渺大海的无底深渊汲来的。即便为垂死之人而熬煮和调制的苦药，也比不上它的苦味”。这里所说的“又黑又浓且味道奇特的水”（同样是贝克夫人调制的）暗指什么？露西只透露其味甚“苦”，不过，她在形容这种苦味时还进一步将其比喻为“从浩渺大海的无底深渊汲来的”海水。这是一个“以远喻近”的奇特比喻：夏洛蒂肯定未品尝过“从浩渺大海的无底深渊汲来的”海水，这只是一种文学说法，她可能是化用了她相当熟悉的柯勒律治的诗句。这就像在随后一个场景（第十六章《过去的好时光》），当她用“魔鬼的丹药”和“巫师的蒸馏水”来比喻约翰家的保姆给她端来的那杯“染黑的水”时，可能同样是在化用柯勒律治的诗句：病中的露西虚弱不堪，在维莱特大街上昏迷过去，被一位天主教神父送到布莱顿夫人家，她家的保姆照看她——“我看见她在一个小架子前忙了一小会儿，往杯子里倒了点水，又数着从一只小药瓶里滴出几滴药液，然后拿着杯子，走到我面前。她递给我的这杯染黑的水是什么东西？难道是魔鬼的丹药，或巫师的蒸馏水？我还没来得及问明白，就被催着很快将它喝下去了。”

柯勒律治 1798 年发表长诗《古舟子咏》，其中以“女巫的膏油”来描绘海水：“海水，正像女巫的膏油/沸腾着，现出绿色、蓝色和白色。”“女巫的膏油”来自“女巫的厨房”。歌德《浮士德》第一部第六章，当浮士德在靡菲斯特劝诱下走进女巫的厨房并喝下女巫熬煮的“一大杯著名的汤药”后，产生了幻觉，任何平常的女人在他眼中都变成了古代特洛伊城的美貌绝伦的女子海伦。实际上，夏洛蒂早逝的母亲就留下了不少做姑娘时购买的浪漫主义时代的流行书，盖斯凯尔夫人探望勃朗特一家时，曾翻阅过这些书，说里面“尽是些奇迹、幽灵、超自然预感、不祥之梦以及癫狂”。盖斯凯尔夫人没有提到书名，但 18 世纪末和 19 世纪初的欧洲浪漫主义时期盛产这类书籍，诸如德意志的霍夫曼、蒂克以及苏格兰的司各特等。

露西在上面两个场景中喝下的“黑色”的水都暗指没有加红色糖浆的鸦片剂（如拜伦喜用的“Black Drop”即“黑滴剂”一类），但正如其他类似场景中的情形，她很快就以服用之后产生的“美轮美奂”的幻觉消除了这种“黑色”的水带给她的最初恐惧：“一丝平静的思绪之波温柔地淌入我的脑海，给它带来抚慰，它轻柔地起伏，比凝脂还要润滑。病弱的痛苦随即离开我的肢体，我的肌肉睡着了，我连动一下的力气都没有了”，然后

“我睡着了”，但不能算真睡着了，因为她的想象力开始变得活跃，随后的一两页就是她半睡半醒时的幻觉——诸如绚丽的色彩和光线、飘忽的声音、若隐若现的物体，等等，此外还有“这些家具看上去不可能是真的、坚固的圈椅、镜子、盥洗架——它们一定是这些家具的幽灵”之类。

问题是，夏洛蒂明知鸦片是一种“毒药”，说自己连碰都不碰，却让被迫服用“cordial”的梅森先生立刻从病床上站起来，证明它是一种灵丹妙药，继而又让被迫喝了“鸦片剂”的露西不断出现“美轮美奂”的幻觉，证明它是一种可以提升感知力和想象力的“魔药”“神药”，即以鸦片的“药效”来否认其是一种“毒药”。假如说德·昆西在《一个英国瘾君子的自白》中先神化鸦片，然后谈到鸦片的致命危害，那么，在夏洛蒂这里就出现了一种反转：她先让鸦片以“毒药”的名称出现，引起不经意间或被迫服用了鸦片的露西的恐惧，然后通过描绘露西在服用鸦片后出现的身体和精神的反应，消解露西对鸦片的恐惧，以致露西后来似乎迷上了这种致幻剂，在谈到她与自己暗恋的伊曼纽尔分别之际，她期望“从伊曼纽尔嘴里听到哪怕一句亲切的话，或者从他眼睛里看到哪怕一个温情的眼神”，可以作为她“孤独的困境中的慰藉”时，她立即借用了“elixir”——原指巫师炼制的丹药，后来一些鸦片制剂也冠以“elixir”之名——来隐喻“一句亲切的话”“一个温情的眼神”：“我要品尝那丹药（elixir），即便是自尊也不会让我倒掉杯中的它。”什么“饮料”竟然能够让一个人——一个“好女人”——感到“不自尊”？显而易见，那只可能是名声不佳的鸦片剂。此时，露西就变成了她当初讥讽贝克夫人的“耽于感官快乐之人”。在 1849 年 6 月写给威·史·威廉斯的信中，夏洛蒂也将友情隐喻为鸦片：“与恬静而欢愉的友伴——诸如纽西——的交往，是舒缓痛苦的鸦片剂。”以下是还未相爱之时的露西与伊曼纽尔的一段对话，如果读者不知其中的“带甜味的毒药”暗指什么，就会对它感到莫名其妙：

> “您看起来，”他说，“像是一个宁可把带甜味的毒药一饮而尽也不愿碰一下苦口良药的人。”
>
> “实际上，我从来就不喜欢苦药，也不相信它对人有什么益处。而任何带甜味的东西，不论毒药，还是食物，你起码不否认它有可口的滋味——是甜的。也许，在快乐中很快地死去要比无趣地熬过漫长的一生强得多。”
>
> “但是，”他说，“如果我有权来为您调制药剂，我会让您每天按量服下那种苦口的良药的；至于那令人爱不释手的毒药，我或许会把盛它的杯子摔个粉碎。”

这里似乎在对读者打哑谜——但露西与伊曼纽尔当然知道他们自己在说什么，正如 19 世纪 50 年代的他们的读者知道他们在说什么，因为他们分享着同一套“切口”。就“鸦片有害论”而言，夏洛蒂证明自己是 18 世纪下半叶以来英国实验医学、临床观察医学的结论的认可者以及她同时代“反鸦片同盟”的盟友，且有她的弟弟勃兰威尔的悲惨遭遇作为铁证，但在“鸦片无害论”上，她又证明自己是18世纪末和19世纪前30年英国浪漫主义美学的嫡传——正是英国文学浪漫主义的兴起，使得对鸦片的解释权由专业医生旁落到一帮文人和“江湖医生”之手，从而扭转了18世纪下半叶以来英国实验医学和临床观察医学将鸦片作为一种“毒药”的普遍观点，使鸦片从医学领域移入美学领域，并被“去道德化”，从而卸去了鸦片生产者、销售者和服用者的道德压力，造成浪漫主义文学时代英国社会普遍吸食鸦片的危急状况。直到1837年维多利亚女王登基之后，实验医学的观点和“反鸦片同盟”的大张旗鼓的舆论攻势才使得吸食鸦片的行为在英国社会承受着越来越大的道德压力，被认为是一种不负责任的颓废行为。年轻健康的维多利亚女王为重振在乔治三世和乔治四世治下衰颓的英国国势，斥责“颓废”的“不负责任”的生活方式，大力提倡“健康向上”的生活方式，并刻意以自己的家庭作为示范。1901年维多利亚女王驾崩之后，英国资深的性格分析家、议员托马斯·鲍威尔·奥康诺就维多利亚女王时期以“责任”（对家庭、社会、国家的责任）为其核心的道德观念写道：“一种诚挚的家庭生活理想——女王自己就一直是这种理想的执着的辉煌的范例——就是一种高贵的、健康的对全国来说具有重要意义的理想，围绕它，向上的力量与颓废的力量展开了激烈的较量。”

但“维多利亚人”之所以被一些评论家评价为“道德伪善”，在于其道德标准的双重性：他们已充分认识到鸦片的危害，在英国国内对鸦片展开了道德讨伐，并最终于1857年将鸦片列入《毒品管理法》并严加禁止，但《毒品管理法》只是英国国内法，它无意向国际法延伸，或尊重中国政府早已而且屡次颁布的对等法律，甚至在1857年当年第二次派遣远征军迫使中国进一步对英国鸦片“开放市场”。1858年英国与中国签订的《天津条约》补充条款第2款出现“Foreign Medicines”（洋药）这个内容模糊的词，就像夏洛蒂在《维莱特》中用诸多词汇（“medicine”“drug”等）替代“鸦片”一样，条约中所谓“Foreign Medicines”也是鸦片的“婉称”，而由英国传教士负责翻译的条约中文版也相应地将其译为“外国自用药料”，仿佛名称一换，鸦片就从一种“毒品”变成一种“普通药物”了。尽管夏洛蒂一再表示对当代题材不感兴趣，也“没有能力写作处理当代主题的小说……因为要适当处理这些重大主题，就必须对这些题材进行长久的现实的研究”，但她通过小说把鸦片美化为“万灵药”和“魔药”，以文学方式为作为英国“当代重大主题”并遭到一些道德人士严词谴责的对华鸦片贸易卸去了道德负担，仿佛那不是在向中国输送致命的“毒药”，而是输送“良药”和“梦幻”。

苏珊·梅耶在谈到《简·爱》中的英国殖民主义意识形态时说：“勃朗特提出的那种替代性选择直接来自英国中产阶级家庭意识形态：在英国保持房子的干净。这部小说在结尾解决的问题之一，是将污染看作外来的。”当英国以“国家贩毒”的方式并且违反中国的禁毒法律将成千上万箱鸦片走私到中国的时候，当英国的传教士（一般还兼做鸦片商人）不远万里深入到中国的城市以及腹地的时候，夏洛蒂却将英国看成一个受着

“外来污染”威胁的国家，要在英国的边境设置一道抵挡“污染”（无论物质污染，还是精神污染）的长城。1842年夏洛蒂从布鲁塞尔给闺蜜纽西写信，先是谈到天主教的比利时的“民族性格”，然后谈到英国当时不少新教徒皈依天主教——时当亨利·纽曼博士领导的天主教色彩甚浓的“牛津运动”轰轰烈烈展开之际，包括纽曼博士在内的许多英国人改宗了天主教，纽曼博士最后还接受了罗马教廷的红衣主教的任命，并受命在爱尔兰都柏林创办了一所天主教大学——向纽西保证自己和妹妹艾米莉虽身陷在布鲁塞尔的天主教徒中间，但她们意志坚定：

> 如果比利时的民族性格可通过这所学校的多数姑娘的性格进行测量，那么，这是一种罕见的冷漠、自私、充满肉欲、卑下的性格。她们桀骜不驯，教师们对她们无可奈何；她们的处世原则腐败到了根子里。我和艾米莉总避开她们，这并不难做到，因为我们身上贴着新教徒和英国特征的标签。国内的人谈到移居到天主教国家的新教徒面临的危险，说会改变信仰。我对所有蠢到试图改宗天主教的新教徒提出的建议是，跨过英吉利海峡到欧洲大陆这边来看看吧，在一段时间里连续参加弥撒，好好留意一下那里的仪式，留意一下那些教士愚蠢、贪婪的一面，然后，如果他们依然还认为天主教不是一种最虚弱、幼稚的宗教，那就让他们赶紧做天主教徒好了——没什么好说。我认

> 为循道公会、贵格会、高教会和低教会都很愚蠢,但罗马天主教则愚蠢到使之相形见绌。

夏洛蒂似乎忘记了自己的爱尔兰裔身份,让她笔下半自传式的女主人公简·爱和露西·斯诺以“纯粹的英格兰女人”的身份出现,并让简·爱“征服”了性格和长相颇似“东方君主”或爱尔兰人的罗切斯特,又让露西·斯诺“征服”了既是外国人又是天主教徒的伊曼纽尔。萨拉·洛奇谈到《简·爱》创作和出版的历史语境时说:

> 爱尔兰是英国的一个充满反叛精神的殖民地,在夏洛蒂生活的时代,爱尔兰经由 1800 年的《联合法案》而与英国合并,但这份法案的政治妥协条款让许多爱尔兰人感到不满。在《简·爱》创作和出版的时期,英爱关系尤为紧张:爱尔兰土豆饥荒(1845—1849)至少造成一百万爱尔兰人死亡,并迫使一百万爱尔兰人背井离乡,移民他国;英格兰姗姗来迟的赈灾努力在 1847 年却又告停,并对爱尔兰恢复了征税,这在爱尔兰引发了广泛的骚乱。

即便到了 1851 年,也就是写作《维莱特》之前,夏洛蒂虽然承认“罗马天主教徒中也不乏好人”,但她坚持认为“天主教这种体系本身却难以让人同情”。她“身上贴着新教徒和英国特征的标签”强化了她的偏见——宗教的、种族的、阶层的偏见——其程度之深，往往不会因为出现对这种偏见构成颠覆效果的反例而改变，只是将这些反例当成“例外”。

梅耶指出夏洛蒂在“英国性”与“帝国性”之间进退失据，说：“勃朗特对帝国的焦虑在《简·爱》的结尾随处可见，而这部小说最终也未能稳妥扎根于其修辞策略及其英国中心主义的反帝国政治：它反感与殖民地的接触，将其描述为对英国人的污染和英国人的自我毁灭，同时它提倡英国中产阶级摆脱性别和阶级不平等的家居性。因而，就对男性统治的意识形态的反抗与对帝国统治的意识形态的反抗之间的关联——以及使这种关联分离——《简·爱》成了一个令人感兴趣的文学案例。”一度在中美洲从事贸易并娶了“西班牙城”牙买加的伯塔·梅森为妻然后又在欧洲大陆上与各种各样的外国女人鬼混的罗切斯特最后以回归英格兰乡间和简·爱这个英格兰女人结合作为自己的结局，似乎证明了苏珊·梅耶对夏洛蒂在《简·爱》中未能贯彻其“英国中心主义的反帝国政治”的目标的论断，但至少她承认夏洛蒂是一个“反帝国主义者”。夏洛蒂的“英国中心主义”（或者更准确地说“盎格鲁中心主义”）被她自己明确表达出来，这没什么疑问，但她对“英国性”的这种声张，并不等同于她对帝国主义的反感。就像德·昆西一样，她感到焦虑的是帝国的文化多元主义，担心“帝国性”或“外部”文化的入侵带来“英国性”（“我们身上贴着新教徒和英国特征的标签”）的模糊，因此她的文化帝国主义是一种向外进行文化扩张的殖民主义，将“英国性”一直带向帝国遥远的边缘，使之英国化，而不是相反,像1851年伦敦万国工业博览会那样,将帝国边缘的"异国情调"带到帝国的中心,使它"东方化"。每当她谈到伦敦时,"巴比伦城"的意象就从她的意识中自动弹出,这不仅是指"奢华之城""腐化之城",更指"异教之城"。(《牛津英语大字典》对"巴比伦城"的释义:"巨城,曾是迦勒底帝国的都城,也指《圣经·启示录》中神秘的巴比伦城;在现代,它颇生争议地指罗马或教皇的权力,也喻指任何巨大而奢侈的城市。")从这里也可以看出夏洛蒂为何成为一个激烈的反天主教者,这不仅因为英国殖民地爱尔兰以天主教的复兴来反叛英国的殖民统治,还因为具有罗马天主教色彩的19世纪40年代的"牛津运动"——按马修·阿诺德的赞词——"震撼了牛津并一直波及其中心";而1851年伦敦万国工业博览会则更进一步,直接在帝国的中心伦敦建构了"一个东方魔怪创造的巴扎或者市场"作为英国人新的"朝圣之地"。

对"外来"的东西——人种、宗教、文化、生活方式等——的入侵,夏洛蒂感到一种深深的焦虑。将一切"坏的""堕落的""病态的"东西视为"外来"的,是英国建构自己的"好的""正义的""健康的"民族形象的修辞策略。1840年到1842年的鸦片战争因其道德问题而在英国议会引发了激烈的争议,但英国的爱国主义修辞策略很快就将许多英国人服用鸦片而且英国向中国大量走私鸦片的事实,先是表述为"中国人在体质上和智力上比其他民族都更嗜好鸦片",继而将鸦片问题看作一个纯粹的"中国问题",不是英国的鸦片在污染中国人,而是中国的鸦片馆在污染英国人。英国报刊上登出的从鸦片战争返回英国的士兵的回忆录形形色色地谈到中国的鸦片馆，而英国的社会问题观察家则深入伦敦下等阶层集聚的东区，在那里发现了中国人开的鸦片馆："正如英国工人阶级的鸦片问题渐渐变成一种社会问题，鸦片吸食者的东方身份使英国人面临污染的威胁。尤其是19世纪70年代之后，这种威胁被表达为一种来自伦敦东区（工人阶级以及东方人）的中国鸦片馆的传染病和种族污染入侵的想象。"

作为一个热情的爱国主义者，夏洛蒂自然为英国辩护，她回避英国人发明和大量使用鸦片制剂并以"国家犯罪"的方式向遥远的中国大肆贩运鸦片的事实，一谈到鸦片，则罗切斯特藏在"梳妆台中间的那个抽屉"的"cordial"来自天主教之国意大利罗马的一个江湖医生，而给露西服用鸦片剂的天主教之城"维莱特城"的贝克夫人也是"说法语"的"外国人"；这种"污染"还体现于与外国人的婚姻：以性关系"污染"罗切斯特的"疯女人"——"三代有疯病"而且像笛福笔下的食人族一样嗜血（用牙齿咬开梅森的肌肤，吸他的血）的伯塔·梅森，罗切斯特的原配——来自中美洲的"西班牙城"牙买加，那里信奉的自然是天主教；将自己绝望地放逐到欧洲大陆的罗切斯特相继有过几个情妇（一个巴黎人，一个意大利人，一个德国人），她们要么贪婪、淫荡，要么抑郁无趣，绝不是罗切斯特的佳配；"东方"还意味着"疾病"，体弱的简·爱一想到去炎热的印度，就担心自己会死在那里，而健壮的圣约翰牧师后来果然死在了印度，等等。

弗兰科·莫莱迪认为19世纪英国小说通过“将一个敌意的他者作为集体认同的来源”来实现英国人自身的民族认同。谈到19世纪英国小说中的“负面形象”的地理来源以及“祸难叙事”的地点与法国大革命之后流行于英国的反法情绪的关系，莫莱迪画了一张地理分布图，发现它们主要集中于法国以及其他说法语的国家，这自然也包括夏洛蒂曾经留学的比利时：“显然，英国成长小说中所有的‘错乱’性爱的选择，一定会涉及一个法国女人，要么就是一个在法国受过教育的女人，而抵制巴黎的诱惑成了英国男子成人之路的一个重大仪式。”在《维莱特》中，“说法语”的半老徐娘外国人贝克夫人先是对年轻的英国人约翰医生，继而对年轻的伊曼纽尔的那种情欲，在英国人夏洛蒂或者露西看来，就是一种错乱的性爱。

在《维莱特》的《幻境》一章，夏洛蒂并不是随意地在贝克夫人肩上添了一条“印度披巾”，就像她在《简·爱》中让那个“有罗马人面部特征”的英格拉姆小姐也披着一条“印度披巾”一样，她以她们的“异国情调”来剥夺或否定她们的“英国性”。伊莱恩·弗里德古德说，“印度披巾经由垄断海运的东印度公司从印度运到英国，或由殖民官员从亚洲次大陆带回来，作为礼物送给母亲、妻子、姐妹或者女儿。印度披巾如此昂贵，以至列入遗产继承目录”，不过，“按苏珊娜·达理的说法，印度披巾对19世纪的英国来说，既是‘异国情调的’，同时又是‘地道英国性的标志’，因而，在夏洛蒂·勃朗特的《维莱特》中，一个醉酒的爱尔兰洗衣妇凭着她的印度披巾就在比利时的一个体面人家找到了一份家庭教师的职业，因为它像英国标签一样证明她是一个体面的英国女人”。露西猜测那个爱尔兰洗衣妇的印度披巾是用不正当手段弄来的，但这条印度披巾给贝克夫人带来了微妙的心理影响，她艳羡地说：“那可真是货真价实的开司米披巾！”恨不得将其据为己有，于是，在露西服用鸦片之后的幻觉里，这条印度披巾转移到了贝克夫人的肩上。

伊莱恩没有区分作为“国家”的英国和作为“帝国”的英国，也就没有区分“英国性”与“帝国性”：印度披巾不是英国的标志，而是英帝国的标志，就像维多利亚女王不仅是英国女王，还是“印度女皇”，而夏洛蒂或其笔下的简·爱及露西的“bonnet”（有带子的圆女帽）才是“英国的”：简·爱就戴着这种帽子，并为之感到骄傲；她的作者夏洛蒂也戴着这种“bonnet”，并在伦敦博览会期间以这副朴素的或传统的英国女人形象出现在充满“异国情调”的“巴比伦城”以及“水晶宫”。露西在维莱特的“庆典”之夜走上街道前，换上了一顶女式“草帽”，她戴着这种英国风格的女帽，像隐形人一样走进了维莱特城的“巨宫”和“公园”。

“鸦片美学”的背后

另一方面，这些遥远的作为“污染源区”的异教之地又是英国人的财产的重要来源，夏洛蒂笔下的人物突然获得的“不虞之财”往往来自这些地区，例如落魄的简·爱突然获得的两万英镑遗产来自生活在非洲西海岸的马德拉岛的叔叔约翰·爱，露西·斯诺最终获得的“女子走读学校”来自既是天主教徒又是“外国人”的伊曼纽尔的馈赠。另外，作为帝国时代的消费主义的浪漫主义，“异国情调”的消费品甚至已进入偏远山区的普通英国家庭的家居生活——一直以管家身份生活在勃朗特家的夏洛蒂的老处女姨妈 1842 年年底去世前，以遗嘱的形式分配她的财产：“我的那个印度针线盒，留给我的外甥女夏洛蒂·勃朗特；我的那个带瓷顶的针线盒，连同我的象牙扇，留给我的外甥女艾米莉·勃朗特；我的日本衣柜，留给我的外甥勃兰威尔·勃朗特……”这个遗产目录倒像是一个微型的“世界博览会”。夏洛蒂在小说中经常在她鄙视的女人（英格拉姆小姐、贝克夫人）肩上添上一条“印度披巾”，以剥夺其“英国性”，但当夏洛蒂为自己准备婚礼服装时，却为自己买了一条“开司米披巾”——这正是上好的“印度披巾”。夏洛蒂死后留下的遗物中还包括“印度墨汁”（实为中国墨汁）这类东西。在《维莱特》中，露西一度常常在纸上描摹一些精致的图案，“乐此不疲，我甚至可以描摹出奇妙而精致的网线铜版镂刻的中国盘子”，但她后来不再看重这种过于浮表而精致的风格，这就像她的作者夏洛蒂 1850 年在写给威·史·威廉斯的信中对简·奥斯丁的精细笔法的批评：“她在描写体面的英国人生活的表面上细致入微，从中可以见出一种中国工笔画的精致。”在她看来，过度的精致意味着热情的匮乏。在浪漫主义的热情之火渐渐熄灭而消费主义开始成为时尚的维多利亚时代，夏洛蒂重申浪漫主义的“热情”或者“激情”，赋予它美学和道德的意义。

夏洛蒂把伦敦看作“一篇冗长乏味的政治经济学论文”，而她神往的是北部湖区、司各特的苏格兰以及她自己的家乡哈沃斯村，即浪漫主义幽灵徘徊之地。但这些浪漫主义幽灵徘徊之地与“冗长乏味的政治经济学论文”似的伦敦并不像夏洛蒂所声称的那样格格不入，实际上，浪漫主义的“东方想象”为伦敦的“冗长乏味的政治经济学论文”注入了灵感和热情，使它从一个“小店主”的城市变成了 19 世纪的帝国大都市，它的充满工商业浪漫主义的新奇和神秘甚至让作为 18 世纪末和 19 世纪初的浪漫主义嫡传的夏洛蒂为之感到迷惑。不过，她笔下的露西却从潜意识层面泄露了夏洛蒂对于这一经历的肯定：在鸦片给露西带来的幻觉中，这一切被陈列在“巨宫”和“公园”里的瑰丽的“异国情调”如此富有魅力，以至她后来承认“从这个庆典之夜获得的自由和活力”改变了她：她在维莱特这个异教的外国城市不再感到一种孤寂、脆弱和危险，甚至拥有了自己的教育机构“女子走读学校”，可以向维莱特的小姑娘们推行英国文化了，而资助她的这项事业的情人伊曼纽尔则远渡重洋去了中美洲殖民地，去管理一家企业。

对有些批评家认为“夏洛蒂之所以选择印度作为圣约翰·里弗斯的目的地，是为了以‘东方’殖民地印度来平衡一下为伯塔·梅森和叔叔约翰·爱带来了财富的‘西方’殖民地”，玛丽安·索玛伦表示异议，认为“夏洛蒂如此选择，理由并不那么复杂”，因为“19 世纪英国福音派传教士热衷于去印度传教，当然还有其他相关的理由：通常被认为是圣约翰的原型的亨利·马廷就是去印度传教的传教士，而马廷与勃朗特一家关系密切”。但夏洛蒂在《维莱特》中重新打破这一“东西”平衡，让伊曼纽尔“向西”——“去中美洲”。不过，圣约翰牧师是英国人，伊曼纽尔则是“说法语”的“外国人”（夏洛蒂模糊了布鲁塞尔，让读者联想到维莱特可能是一座法国城市），而自美国革命以来，英国和法国在全球争夺殖民地和势力范围。为对付与法国争夺美洲的英国，法国支持了美国革命，使英国失去了美洲殖民地，而法国大革命造成法国在东方的势力的衰落，英国于是趁机向东方扩张。当法国人纷纷向西“去中美洲”时，英国人则纷纷向东“去印度”。不如说夏洛蒂描绘的是欧洲两个强国向海外征服的两条主要线路。夏洛蒂的朋友圈里就有好几个去了“东方”：

她的闺蜜玛丽·泰勒去了新西兰,而她一度心仪的詹姆斯·泰勒则去了印度。

对维多利亚时代的英国人来说,“去印度”几乎就意味着“去中国”,直接或间接加入对华鸦片贸易这一庞大的帝国工程。“去印度”只是“去中国”的中转,因为此时印度已是英国向“远东”扩张的前进基地,1840 年到 1842 年的对华鸦片战争以英国人的胜利暂时告终,在英国人眼前展开了一个亟待征服的无限辽阔的东方市场,足以拯救英印政府的财政,从而拯救英国在印度的岌岌可危的统治。当英国浪漫主义时代的文学话语以及报刊插图以不断重复和累加的方式将鸦片与“东方”意象牢牢铆合在一起之后,鸦片在英国就不再仅仅是一种致幻剂,也是一套有关“东方”的想象。在 1850 年 6 月 21 日从伦敦写给纽西的信中,夏洛蒂谈到她与她在伦敦的出版人乔治·史密斯之间的亲密关系,说“哪怕跟他去中国,我也无所畏惧”。“去中国”成了检验男子气概的光荣冒险。因此,在英国瘾君子的意识流般的幻觉中屡屡自动呈现“东方”的影子,就不足为怪了,因为鸦片与“东方”的意象重叠早已在英国瘾君子的无意识深处指定了幻觉的方向,而这种“鸦片美学”的背后隐藏着英国巨大的商业利益和帝国的扩张野心。

莫莱迪将 19 世纪英国经济史和 19 世纪英国小说中的殖民地分布作了一个区分,说尽管“我相信那些经济史专家的观点,即英国殖民地在英国经济中的确起了重要作用,但不是不可或缺的作用”,但当他在世界地图上将 19 世纪英国小说中一些关键人物的财产来源标出之后，却发现英国海外殖民地像一条隐蔽的却连续不断的线索贯穿于这些看起来完全英国场景的小说中，是诸多书中人物的财产来源。没有比这些流行小说中的“去东方发家致富”的故事更能产生社会动员效果的了。莫莱迪说：“这不是经济史能够解释的，只有意识形态能够解释：这种意识形态以文学的方式投射出一种远离英国的令人不舒服的现实。”

夏洛蒂心仪的詹姆斯·泰勒也去了印度。他本是夏洛蒂的出版商乔治·史密斯手下的审稿人，但乔治·史密斯却在1851年4月将他派往印度，管理乔治·史密斯在孟买的家族企业“史密斯-詹姆斯出版公司”。泰勒在与夏洛蒂见过最后一面后，就去了孟买，在孟买工作，当1851年秋夏洛蒂正构思《维莱特》时，他从孟买给夏洛蒂写了两封长信。夏洛蒂在11月15日给这两封长信回信，说它们对印度的描绘令她“兴趣盎然”：

> 浴室场景的描写尤其让我忍俊不禁……用词略嫌不雅，让我不禁想到不那么粗野的方式或许也能达到同样的益处。但转而一想，没有一开始的疲惫，那后来的回味就不会那么愉快了。无疑，这种自我陶醉的回味正是自我沉溺的回教徒们孜孜以求的。我觉得你鄙视它是对的。看到孟买社会在智性吸引力上如此匮乏，真令人感到大大的遗憾。但也许，你们一直让你们的职业占据你们的思想，以免痛苦地面对这样的环境。或许有时你会饥渴地回想

> 起伦敦和苏格兰，回想起留在那里的朋友，但我想你在孟买的生意也自有其兴味。这个新的国家，连同它的新场景，一定令人颇感兴趣。由于你并不缺少闲暇时的读物，你或许很快就会与你的变化相妥协，极像人们心中的放逐者。我担心那里的气候——根据你的描绘——对一个欧洲体质的人来说，那是够考验人的。在你头一封信中，你说十月是危险月份，现在十月结束了。至于你是否平安度过了这个危险月份，对你在英格兰的朋友来说，尚需几个星期才能得知——他们暂时只能为你祈福。

夏洛蒂一度对泰勒一往情深，克莱门特·肖特甚至说："如果詹姆斯·泰勒能即刻从孟买回来，他大有可能成为这个时代最杰出的女作家的丈夫。"泰勒成了《维莱特》中的伊曼纽尔的原型之一，尽管夏洛蒂没有让他像《简·爱》中的圣约翰牧师一样"去印度"，而是让他去了中美洲的瓜德罗普岛。泰勒 1856 年回到伦敦，但 1863 年又去了孟买，在那里从事过多种职业：编过报纸和评论，担任过以鸦片贸易为主业的孟买商会的秘书，做过皇家亚洲学会分会的秘书等。他在孟买商会担任秘书期间，与鸦片贸易发生了直接关系。刊登于 1869 年《鸦片问题论丛》上的他的一封信综合了一些鸦片公司对华经营的情况，他说他"荣幸地就波斯鸦片在中国的供应以及售价提供一些有趣的信息"，以扩大波斯鸦片在中国的销量。在《维莱特》付梓前，乔治·史密斯在给夏洛蒂的信中对第三卷屡次表示不满，原因在于贝克夫人为拆散露西与伊曼纽尔而将伊曼纽尔派到中美洲去管理一家公司，似乎是在暗示乔治·史密斯为拆散夏洛蒂与泰勒而派泰勒去孟买管理一家公司。

在1852年3月12日写给伍勒小姐的信中，夏洛蒂又谈到了在孟买工作的泰勒，说“他比预想的可能要混得好，异国的场景和面孔或许证明是一种有益的刺激；以我至今的观察，凡是缺乏自信、具有自我怀疑性格的人，在陌生人中间总能比在半熟的人中间感到自如”。在英国时的泰勒的确缺乏男子气，但一个在英国缺乏自信、具有自我怀疑性格的英国人，一旦置身于东方和东方面孔中间，就变得自信和自我肯定了——“东方”成了英国人体验、获得和强化自己的男子气概的理想场所，并因此而很快发迹。

这是一种“国家犯罪”

“家居理想”向来被认为是维多利亚时代的核心价值之一。对英国状况一直十分关注的美国超验主义者爱默生甚至将“家居性”视为维多利亚时代大英帝国的“根本”，而在使“家居理想”成为时代崇拜的建构过程中，维多利亚女王本人起了重大作用：在1851年5月1日伦敦万国工业博览会开幕式上，贵为世界最有权势君王的她却像小女人一样把手搭在丈夫阿伯特手上，身体略略依着他，穿过夹道欢迎的人群。这副家庭形象给臣民们留下了深刻印象。但“家居性”与这个正在重新向外拓展的帝国所要求的那种地理“流动性”恰好形成冲突，而解决这一冲突的方式是提倡一种“流动中的家居性”（姑且生造这么一个词），即一方面保持那些在外的英国人与英国国内的各种联系（英国人每在“东方”建立一个殖民地，必定随即在当地办报出书，成立皇家学会的分会，而电报这种新技术使得英国与其遥远的殖民地或“条约港”之间的联系“共时化”了），另一方面，出外的英国人总习惯带着家庭前往，并生活在当地英国人圈子里,免得在遥远的“东方”的单身英国男人或女人受到“野蛮人”的诱惑。当《简·爱》中的圣约翰牧师决定去印度传教时,他要求简·爱以他的“妻子”的身份随往。由于简·爱拒绝以妻子的身份随行,圣约翰只得独自去了印度,最后以单身汉的身份死在了印度。

马丁·赫维特将维多利亚早期的这种“流动性”归结为经济状况:“这些年月的经济艰难在爱尔兰暴发灾难性的大饥荒时达到顶峰,并由此产生英国19世纪第一波移民潮,把英国变成了一个‘移出国家’,一直持续到这个世纪的末期。”不过,赫维特所描绘的这种“流动性”具有被迫性,不能解释成千上万个家庭经济状况尚好的受过教育的英国中产阶级男女何以也渴望去海外,并且不像那些成群结队去美国的贫穷爱尔兰移民那样是为了“成为美国人”,而是作为大英帝国的传教士、殖民者、探险家、商人,前往大英帝国已然征服或试图征服的那些遥远的“东方”国家,哪怕死在那里也在所不惜。

这种“东方想象”在不那么“浪漫主义”或者说工业化的维多利亚时期成了一种艺术时髦,以至这个时期作为“国家庆典”的伦敦万国工业博览会展馆“水晶宫”的设计和装饰理念也采用了它,并以其辉煌的展示进一步刺激英国人对“东方”的兴趣。帝国扩张时代的英国需要成千上万的传教士、殖民者、商人、军人、官员从“家居性”中摆脱出来,去遥远的“东方”为增加英帝国的财富和荣耀而“工作”。夏洛蒂的妹妹艾米莉的小说《呼啸山庄》中小希斯克利夫的黝黑的肤色让小洛克伍德浮想联翩，认为他“适合当一个乔装的王子，谁知道你的爸爸不是中国皇帝，你的妈妈不是印度女王，他们任何一个只需花一个礼拜的收入，就可以把呼啸山庄连同画眉山庄一起买下？你被邪恶的水手绑架，弄到了英国”。《维莱特》开篇不久，当小露西还寄住在布莱顿夫人家时，她发现小波丽正在看小格莱翰（后来的约翰医生）爱不释手的一本儿童图画册。见露西走过来，小波丽就说：

> 这本图画书可精彩呢……里面全都是有关外国的，那些非常、非常遥远的国家，要在海上航行几千英里，才能到达。斯诺小姐，野人生活在这些国家，他们穿的衣服和我们不一样：他们中的一些人甚至一丝不挂，因为要图凉快，他们那里的天气真是够热的。你瞧，这张画上，在一片荒凉的沙地上，成千上万的人聚拢在一个穿着黑衣服的人四周——那是一个好心的英国人，一个传教士，正在一棵棕榈树下向他们传道。还有一些画，比它“更更奇妙”。这是中国的万里长城，美极了；这是一个中国淑女，有一双比我的还要小的脚；这是鞑靼人的马；最奇妙的是这一幅，是一片冰雪世界，那里看不到绿色的大地、树木或者花园。在这里发现了猛犸象的骨头，猛犸象现在已灭绝了。你不知道它是什么样子，但格莱翰告诉过我，我可以讲给你听。它是一个巨大的像妖怪一样的动物，像房子这么高，像厅这么长，但格莱翰相信它不是一种凶悍的食肉动物。他

> 说,如果在森林里碰到它,它不会杀死我,除非我正好出现在它的脚前面,它会把我踩死在灌木丛里,就像我们走过草田时不小心踩到了蚂蚱。

对小波丽有关"外国"的这番描绘,小露西的第一个反应是:"波丽,你想去旅行吗?"夏洛蒂小时候就喜欢阅读《一千零一夜》以及博物学家比威克的《禽鸟志》(在《简·爱》第一章,小简·爱躲在窗帘后面出神地读着的就是这本书)等书。这些供儿童阅读的有关"东方"或者"海外"的文字或图画书籍,是当时大量有关"东方"或"海外"的"知识"的通俗版,它们意在激发出英国人对遥远的海外的强烈兴趣和"走出去"的野心,是庞大的英国殖民主义意识形态国家机器的一个组成部分。对小露西的提问,小波丽回答道:"现在还不行,但或许二十年后,当我长成一个女人时,和布莱顿夫人一般高,我就要和格莱翰一起去旅行。我们打算去瑞典,登布朗山,或许一起坐海船去南美……"这一细节颇有意味,那个时期连英国儿童之间的谈话也反复出现这种对于海外的渴望。在1851年9月写给威·史·威廉斯先生的信中,夏洛蒂谈到英国人满为患导致竞争的加剧和社会的贫困:"对这种过度竞争导致的困难,向海外移民也许是个好方法,在一个新国家的新生活一定会产生新希望;那些人口稀少的旷野应该为这种奋斗打开新道路,但我想要走到这一步,就必须要有不辞劳累、坚忍不拔的身体力量。"想象一个到处是金银财宝却被"野蛮人"占据的"东方",这既能激发英国人的贪欲，又能激发他们的征服欲，并且，一旦从社会进化论和人种学的角度将“东方人”排斥在“文明世界”之外，就能为英国人的贪欲和征服欲事先提供道德合法性，似乎英国人不辞辛苦地、跨洋过海地对遥远的东方所做的和将做的一切，都是为了将“野蛮”的东方和东方人带入“文明世界”。为此，一种综合了传教士、冒险家、跨国商人、远征军人、博物学家、地理学家等角色的集刚毅、果敢、智慧而又不畏艰险的品质于一体的男子汉形象被建构起来，让英国人在从事对华鸦片贸易和建立殖民政府时没有任何犯罪感，对其中那些道德敏感性稍弱的人来说，简直还会有一种崇高的使命感。

“东方”曾是 18 世纪末和 19 世纪上半叶英国浪漫派文人笔下的时髦，以至不描写一下“东方”就似乎愧为浪漫主义者了。作为一个迟来的浪漫主义者，夏洛蒂自然也不会放过“东方”。尼格尔·利斯克将浪漫派的“东方”情结视为“帝国的焦虑”的表露：“实际上，对跨种族通婚和文化沉沦的恐惧，贯穿于浪漫主义文学中，它往往表现为感染东方疾病之后的结果。”但他同时指出：“将这种焦虑理解为文化主权的悬置或者错位，还没有穷尽浪漫派对东方的态度的有效范围，因为它同样产生决心，因而既推进又妨碍帝国的意志。”不过，当帝国的意志在维多利亚时代被强力推进并为英国带来滚滚财源的时候，当去东方的传教士、探险家、殖民者、商人和军人带着他们的“东方行记”和在东方获得的财产纷纷返回英国的时候，关于“东方”的浪漫主义文学叙事反倒不那么常见了——通常仅作为一条隐隐约约的次要线索贯穿于文本——取而代之成为文学时髦的文学现实主义将目光从遥远的“东方”收回到近在咫尺的国内问题。但这并不意味着帝国的收缩，而是国内冲突的问题——阶级和性别不平等、就业、财富分配不均、共同体认同等——吸引了作家的大部分注意力，使得帝国问题在作家的视野中退为遥远的背景，而帝国则试图以不断向外扩张的方式来解决这些国内矛盾。夏洛蒂的小说恰好处在这么一条内外分界线上：她笔下的人物总在事实上或在想象中来来回回穿越着这条分界线。

就英国人对发生在遥远的东方的英国对华鸦片贸易这件事的普遍冷漠态度，麦克洛伊·威利 1858 年评论道：“出现这种普遍的冷淡的真正原因，是没有人为他们提供这方面的足够信息。他们看出了一些问题，但同时也看出印度的税收面临大问题。另外，最热衷于印度传教事业的朋友们反对废除英印政府对鸦片生产的垄断。”然而，事实上，为英国人提供这方面详细信息的人不少，似乎每一个从东方回国的英国人都要就“东方”写上几笔，以显示自己是一个有令人羡慕的海外经历的人。但也有不少严肃的著作家向英国国内揭示这些令英国国内同胞羡慕的海外经历给中国人带来了多少苦难，例如时任英国驻华外交官的蒙哥马利·马丁，他于 1847 年在伦敦出版两卷本《中国的政治、商业和社会——给女王政府的报告》，详细谈到英国对华鸦片贸易对中国人的身心健康造成的巨大损害、对中国社会的道德伦理产生的瓦解作用以及给中国财政和国家安全带来的全面危机。他在首卷的扉页给维多利亚女王的献词中直言不讳地指出“女王陛下的子民正在中国从事一种可怕的犯罪，他们活跃地从事鸦片贸易，正在摧毁成千上万的生灵的生命，并使他们道德堕落”。这当然不是女王政府及其大部分臣民乐于读到的。

英国市场上的鸦片几乎全部来自土耳其，质量上乘，而输往中国的鸦片则来自印度，比土耳其鸦片毒性更大。一度相信鸦片对医治疾病有益的朱利安·杰弗里19世纪40年代末去印度参观过东印度公司的鸦片工厂，看到连片的鸦片生产车间堆满了鸦片球，他似乎看见了世界的药柜，兴奋地说：“这可以满足全球好几年的医用之需了。”但陪他参观的朋友（东印度公司的一个英国科学家）把他带进自己的鸦片实验室，对他说：“我看你太天真了，这些鸦片没有你所说的那些有益的医用价值，它们是用来败坏中国人的，而我的职责是尽量保持它们的味道吸引人。”

针对英国人祭出的“英国不干，别的国家也会干”的说辞，马丁感叹道，“这些人的道德感要多么低下才能说出这些话，一个国家的责任感要多么冥顽不灵才会作出这样的辩解”，“但恰恰是那些宣称信仰基督的基督徒们——在一个至少名义上的基督教国家——而且是在19世纪中期，大言不惭地说自己这么做是正当的”，“自创世以来，所有恶行的记录都比不过英国在中国曾经和正在犯下的每时每刻的谋杀。他们并不是无意间犯下了这些摧毁人类的大罪”，因为女王政府和议会议员们都深知鸦片之害，“与‘鸦片贸易’比起来，‘黑奴贸易’还算是仁慈的了。我们并不去损害非洲人的身体，因为让他们活着才符合我们的利益——我们并不戕害他们的天性，腐化他们的心灵，也不去摧残他们的灵魂。但鸦片商人在腐化、降低和消灭这些可怜的罪人的道德感后，还要摧毁他们的身体”。马丁不仅指斥作为个人的英国鸦片商人，还直指给这些鸦片商人提供许可证和武力支持的英国政府，说这是一种“国家犯罪”。

待在国内的帝国主义者

在1839年到1842年英国议会就对华鸦片战争展开的激烈辩论中，年轻的下议院议员格莱斯顿尖锐批评时任英国外交大臣的巴麦尊的对华战争政策。但巴麦尊获得了麦考利的大力支持，这位在鸦片战争爆发之时出任英国陆军大臣的著名历史学家“为履行公职甚至推迟了《英国史》的写作”。他在议会上提到义律在广东工厂的阳台上展开一面英国国旗的举动，并以他擅长的那种极富煽动力的崇高文体赞美说“这个举动，复活了那些向他寻求保护的英国人的正在低落的希望，他们自信地望着这面在他们头顶飘扬的胜利的国旗，不由得想起他们属于一个还没有习惯被击败、被屈服、被侮辱的国家”时，格莱斯顿立即意识到他在转换话题，讥讽道：“在人类历史上，我还从未见过如此一场起因就不公正而且刻意要让国家蒙受永久道德羞耻的战争……高高飘扬的英国国旗被用来保护一桩邪恶贸易。”其实，在1834年到1838年间出任英印政府公共教育委员会秘书（就职次年就推出了培养印度上流社会子弟充当殖民政府职员的“东方教育计划”)并在这个职位上享受着每年一万英镑年薪而且返回英国之后继续享用东印度公司支付的每年一千五百英镑年金的麦考利,他的个人利益与英国对华鸦片贸易紧密联系在一起。

但格莱斯顿无法阻止英国的对华鸦片贸易和对华鸦片战争,它们不仅获得了所有与“东方贸易”有利益关系的个人或团体的支持,也获得了英国大多数普通国民的支持,而第一次鸦片战争带给英国的巨大利益,向英国人证明了巴麦尊的政策的成功。他众望所归,成了英国的首相,急切地等待着下一次对华开战的借口。1856 年“亚罗号”事件发生后,英国议会立即就对华开战事宜展开辩论。格莱斯顿联合一些议员在下议院对巴麦尊展开攻击,并且取得了成功,但巴麦尊一派的势力虽暂时落败,他却非常有信心地对他的对手们说:“是的,你们的确赢得了下议院的多数,但你们并没有赢得这个国家的人民的多数。”他的这份自信很快就获得了证实:“巴麦尊勋爵带着多数重返下议院,因为他与人民的希望息息相通。”

夏洛蒂就属于巴麦尊所说的“这个国家的人民的多数”,尽管自小就热衷于政治消息以及议会里的辩论的夏洛蒂回避公开谈论时政,但她以历史隐喻的方式将英国对中国的“远征”赞美为又一次“十字军东征”:1842 年 7 月,也就是英国取得对华鸦片战争的胜利之际,时在布鲁塞尔学习法语的夏洛蒂写了一篇题为《隐修士皮埃尔小像》的法语仿作,歌颂 11 世纪欧洲第一次“十字军东征”的民众情绪煽动者和领袖人物隐修士皮埃尔，赞美他“以先知和军人的双重身份现身于十字军中”，他“将欧洲人移民到亚洲”，并要求“整个欧洲和整个亚洲跟从他的信仰，信仰十字架”，“他看到了圣城耶路撒冷获得解救，看到了圣墓获得自由，看到了银色的新月从圣殿之上升起，方形王旗和红色十字军旗竖立在那里”，“战斗明天打响，但胜利今夜就已确定”。考虑到 11 世纪的皮埃尔眼光只盯住耶路撒冷，不曾要求征服“整个亚洲”（那时的欧洲人尚不知“整个亚洲”是何物），也无意“将欧洲人移民到亚洲”（夏洛蒂的法语老师埃热先生在这句话旁边批了一句“此句不适合皮埃尔”），那么，夏洛蒂其实是通过赞美 11 世纪的十字军领袖皮埃尔来赞美正在“征服亚洲”并“将欧洲人移民到亚洲”的英国当代“基督教英雄”，他们既包括巴麦尊和威灵顿公爵，也包括作家德・昆西以及作为英国远征军士兵死在广州城外的他的儿子霍拉斯。

巴麦尊是老勃朗特在剑桥读书时参加的那些以法国入侵为假想场景的军训的队友，老勃朗特对他一直极为钦佩，经常自豪地谈起他，而他的女儿夏洛蒂则更加崇拜威灵顿公爵，以至毕莱尔说“威灵顿公爵一直是夏洛蒂顶礼膜拜的神……她从来就没有收回她对这位伟大公爵的崇敬之情”。1843 年，夏洛蒂又写了一篇题为《拿破仑之死》的法语作文，将这位“老英雄”置于被他流放到圣赫勒拿岛的拿破仑之上，并说“英国也许要花上一个世纪才能认识它的这位英雄的价值”。成名后的夏洛蒂终于在 1850 年的伦敦之行中见到了她的偶像，在写给闺蜜纽西的信中称他“果然是一个伟大的老人”。1852 年，威灵顿去世，夏洛蒂读到《泰晤士报》上连篇累牍刊登的公爵事迹，对公爵在伊比利亚半岛战争中的辉煌战功尤其赞不绝口，说它"给英国带来了前所未有的荣光"。她在给纽西的信中谈到公爵的死，说"如今整个国家似乎在用一种公正的眼光来看待这位伟大人物了"。

与夏洛蒂一样，威灵顿对天主教向来持有强烈敌意。作为英国"老英雄"，他支持英国对中国开战，以扩大帝国的疆域和利益，在这一点上，他与巴麦尊和德·昆西一致，但与赤裸裸地"言利"的巴麦尊不同，威灵顿主张英国应该为开战找到更站得住脚的"道义"理由，而不是置英国于不利地位的对华鸦片走私——毕竟，他认为鸦片是毒药，且违反中国法律。因此，正如 1840 年 5 月 17 日有关议会辩论的一篇报道所说，"威灵顿公爵宣称这场战争不是鸦片战争，战争另有理由"。他采取的是和麦考利一样的策略，避开中英冲突的核心问题，大谈中国地方官员冒犯了来华做生意的大英子民及英国商务代表义律的尊严，说"他们被迫不得不诉诸战争"，以激起英国人的民族受辱感来建构英国对华战争正义性。威灵顿在 1839 年 5 月的议会辩论中说："我从来没有见过一个大国的代表像义律上校被中国广东地方官员那样对待。我已为我的国家荣幸服务了五十年，作为英国人，我不能忍受看到英国政府的一个官员在他服务的岗位上被如此对待，被用如此的语言对付，这种语言在世界任何国家甚至都不会用在最卑微的罪犯身上。"他寻找的是一个让英国看起来像受辱者，让中国看起来像施辱者的堂皇开战借口，就像夏洛蒂以“十字军东征”来隐喻英国在东方的战争行为。夏洛蒂在《简·爱》末尾这样描述只身去了印度并死在那里的圣约翰牧师，算是对那些在海外为英国利益服务的英国“基督教英雄”的礼赞：

> 圣约翰离开英国，去了印度：他走上了他自己选择的那条荆棘小道，并持之以恒地追寻它。光是岩石和险境还锻造不出像他那样有毅力、不知疲惫的先驱者；他坚定、虔诚、投入，精力饱满，充满热情，真理在握；他为他的同胞而劳作。他为他们的进步之路披荆斩棘，像巨人一样砍去缠绕在这条路上的教条和等级的偏见。他或许有些严厉，或许太过执着，或许野心勃勃，但他的严厉是保护自己的朝圣队伍免遭蝗王阿坡庸的袭扰的武士伟心的那种严厉，他的执着是听到基督说“若要跟从我，就当舍己，背起十字架来跟从我”便唯基督是从的使徒的那种执着，他的勃勃野心也是圣人的那种野心，只为了在那些从尘世获救的人中获得第一排的一个位子，纯洁无瑕地站在主的宝座前，分享着基督最后的大胜；他是被召唤之人，被选之人，忠贞不贰。

简·爱最终留在了英国，但她的一部分已随圣约翰牧师去了印度。夏洛蒂对传教士圣约翰的赞语也可用在其他“去印度”“去中国”的英国“基督教英雄”身上。在《简·爱》创作的 1846 年，

“去印度”“去中国”是那些具有帝国主义和殖民主义激情的英国人的冲动：对他们中一些人来说，“去印度”“去中国”意味着为英国在遥远的东方扩张疆域并获得财富（殖民官员、商人）；对另一些人来说，是用基督教来教化“东方野蛮人”（传教士）；对第三部分人来说，则是对神秘而性感的“东方情调”的猎奇（包括博物学家、地理学家、地理测量家在内的探险家们）；而对第四部分人来说，则是用“煤炭和钢铁”时代的火器去教训那些胆敢冒犯英国威严和利益的拿着刀剑的“东方蛮子”（远征军士兵）。但这四类人往往集于同一人之身，就像后来转籍英国的普鲁士人郭实腊那样既是传教士，又是鸦片贩子、东方语言学家和翻译，还充当英军间谍，刺探中国东南沿海的水文情况。他从中国回到英国后，在各地演讲，大受欢迎。就像其他许多英国来华传教士一样，郭实腊受到鸦片贩子渣甸和马地臣的怡和洋行的直接资助，他们以“印制祈祷书和让他们卖药”来资助传教事业，而“一手分发着教义册子，一手出售着鸦片药”的郭实腊“对自己出售鸦片的行为似乎并无良心不安，因为鸦片是传教事业的一个重要组成部分”。法兰奇也谈到英国来华传教士与鸦片贩子之间的关系：“基于既追求统治世界又从中牟利的维多利亚理想，这两大团体似乎达成了长久而广泛的和解……他们均视英国文化、贸易与帝国主义为能够给世界带来利益的所谓英国先进文化，它为这些民族带来精神的新生和由贸易促动的发展……他们用魔鬼的钱来从事上帝的事业。”他还引曾在印度殖民地任过职的莫里斯·科利斯所著《洋土》一书中的话说：“传教士的观念与渣甸式鸦片商人的观念并无深刻差别……贸易和《圣经》结成了同盟，而紧随其后的是帝国的旗帜。”

浪漫派诗人华兹华斯的弟弟约翰也去了印度，马特拉克说，“鸦片的高利润使得包括约翰·华兹华斯在内的所有英国人垂涎三尺”。积极鼓动对华鸦片贸易和对华开战的德·昆西将自己的孩子们分配到了英国各个殖民地和准殖民地：三个儿子中的两个加入了远征军，紧随着“帝国的旗帜”远渡重洋去了“东方”，其中长子霍拉斯在第一次鸦片战争中跟随英国远征军第二十六卡梅隆步枪团一直打到广州，最后升任陆军中尉，但1842年8月，当他的连队驻扎赤柱村时，感染热病，死在了那里；幼子保罗·弗雷德里克则以第七十女王团的军官身份去了印度，参加镇压1857年印度“大骚乱”的军事行动，后移民新西兰。次子弗兰西斯是一位医生，虽未加入帝国军队，却也移民去了巴西。三个女儿中的两个也去了殖民地：长女玛格丽特1853年与新婚丈夫移民去了爱尔兰，次女弗洛伦斯1855年去了印度，成了殖民地英国军官、工程师贝尔德·史密斯的妻子。

那些“去印度”“去中国”的英国“基督教英雄”自然是知道自己是为利而去的，他们沿途掠夺每一个城市和村庄，掠来的一些珍贵物品后来作为“展品”出现在1851年伦敦万国工业博览会的“中国馆”里。但这种道德伪善造成了少数还有相当道德敏感性却被迫卷入战争的英国人的内心分裂。率英国远征军对华进行第二次鸦片战争的额尔金伯爵在日记中自辩道：“人有时候会为自己身不由己卷入中国这摊事而感到遗憾。”为减轻或消除自己的犯罪感,他们就将自己的牺牲品说成愚昧而邪恶的“野蛮人”,并让自己和他人相信那场“被人不适当地命名为‘鸦片战争’”的战争实是“文明”对“野蛮”的圣战,经过这番自辩,于是乎,自己在道德上就成了圣人。

但在自己的牺牲品面前自我赋予的这种道德制高点有时并不稳固。额尔金在写给妻子的私信中说:“我们这些人以残暴的武力和野蛮的力量闯入这片有着悠久历史传统的神秘大地的深处,这一切,到底是为了谁呢?我多想找到一个令自己满意的答案啊!不过,同时,把这个古老的文明毁灭掉,肯定也没什么好遗憾的。”这最后突如其来的一句,显示出他为不再搅扰自己的良心而拒绝继续思考下去。战争结束后,额尔金在返回英国的军舰上长舒一口气,说终于可以离开“可恶的东方”了,他随即补充道:“我说‘可恶的东方’,与其说是东方本身多么可恶,倒不如说因为东方这片土地上到处都是我们的暴力、欺诈和对公理的蔑视的记录。”他途经印度时,读到胡塞尔有关1857年英国军队对印度“大骚乱”残酷镇压的著作,想到自己所率的英国军队对中国人的所作所为,写道:“我能做点什么来阻止英国对另一个孱弱的东方民族施暴而招来上帝的诅咒?或许我全部的努力只不过扩大了英国人向世人展示他们的文明和他们的基督教何等空洞和浅薄的范围?”这后一句话很快得到应验:还未抵达伦敦,他就收到伦敦发来的指令,让他与法国军队组成联军,去给中国一个更严厉的教训。说到底,无论他个人觉得如何不妥,如何羞愧,都不会动摇他作为帝国的征服工具的职分，他把上面那些“勇敢的话”写进私人日记或给妻子的私信，把私人日记和额尔金太太当成秘密倾吐罪过的忏悔师，然后去严格执行伦敦的意图，以人格的分裂达到良心的安稳。

但夏洛蒂似乎从来没有为她的国家感到过一丝羞愧，正如她笔下的女主人公们通常只有一个独断的视角——那就是自己的视角。从 1847 年的《简·爱》到 1853 年的《维莱特》，她几乎全部的作品都创作于两次鸦片战争之间，但其中见不到对这些重大现实事件的哪怕最微小的暗示。夏洛蒂崇拜的作家德·昆西在这期间一直充当着对华战争的鼓动家的角色，写下了大量煽动文章。卡农·施密特写道：“在这些文章中，那些曾经在《一个英国瘾君子的自白》中被内在化并用来再现某种生活的奇特比喻，被投射到了外部，用来作为开战的借口——又最终被用来再现英国性。”考虑到夏洛蒂对时政的关心，那么她对发生在她的创作生涯时期的这些重大事件的回避就显得非常奇特了。不仅如此，当夏洛蒂震惊于“水晶宫”里来自地球各个角落的展品时，她说“似乎只有魔术才能把地球各个角落的财富汇集在这里”，轻轻一笔，就把英国海外殖民史、战争掠夺史和贩运鸦片史的罪恶全部勾销了。但回避有时是一种迂回策略。夏洛蒂通过对鸦片作为“万灵药”和“魔药”的描写，通过对中世纪“十字军东征”和当代“基督教英雄”的赞美，参与到了当时英国社会围绕对华鸦片贸易和对华鸦片战争展开的激烈争论中，以梦幻般的浪漫主义文学话语为受到“反鸦片同盟”和以格莱斯顿为代表的反战派的道德指控的对华鸦片贸易和对华鸦片战争提供了某种道德和美学的合法性支持。正是基于这种“内外”呼应关系,苏珊·梅耶不无道理地将夏洛蒂·勃朗特归于“待在国内的帝国主义(者)”之列。

Ⅳ　句子的手艺

——与句子纠缠的翻译家

与句子的纠缠

郭宏安是一个言语不多的人，尽管以我对他长达二十多年的了解，我深知他的脑海里时时刻刻活跃着句子——大量的句子，而且经常是同一个句子的不同实验方式。这种与句子的旷日持久的纠缠，如今鲜见于我们的小说家和散文家，略见于诗人，却多见于堪称“文体家”的那些翻译家，以至可以说，对现代汉语表现力的可能性贡献最大的是我们的翻译家们，而不是本该承担此责并获此荣耀的我们的文学创作家们，后者通常只是前者的亦步亦趋的模仿者，甚至可以说，是我们的日夕与句子纠缠的翻译家们将句子这门“手艺”教给了我们的创作家们——对此，我想，几乎没有一个使用现代汉语进行创作的文人可以问心无愧地否认。

当我们的作家们第一次翻开加西亚·马尔克斯的《百年孤独》，开篇这些句子就会让他们大为震惊，乃至立刻颠覆了他们此前有关写作和语言的那些观念：

> 多年以后，面对行刑队，奥雷里亚诺·布恩迪亚上校将会回想起父亲带他去见识冰块的那个遥远的下午。那时的马孔多是一个二十户人家的村落，泥巴和芦苇盖成的屋子沿河岸排开，湍急的河水清澈见底，河床里卵石洁白光滑宛如史前巨蛋。世界新生伊始，许多事物还没有名字，提到的时候尚需用手指指点点。

于是，“多年以后……”这种极富张力的句式就以各种变体出现在他们的小说创作中，而通常不识西班牙文的他们居然也言之凿凿地自认为受了马尔克斯的《百年孤独》的致命影响，但这些中文句子出自青年翻译家范晔笔下，此前也以相近的形式出自于其他译者笔下，而范晔也是在参考那些同样“为了一个更好的译本而奋斗”的《百年孤独》的中文译者们的译本之后细细打磨出来的。这就像格里高利·拉巴萨堪称权威英译本的 *One Hundred Years of Solitude*（《百年孤独》），它将西班牙语原文 *Cien años de soledad*（《百年孤独》）的开篇译成以下英文句子：

> Many years later, as he faced the firing squad, Colonel Aureliano Buendía was to remenber that distant afternoon when his father took him to discover ice. At that time Macondo was a village of twenty adobe houses, built on the bank of a river of clear water that ran along a bed

of polished stones, which were white and enormous, like prehistoric eggs. The world was so recent that many things lacked names, and in order to indicate them it was necessary to point.

评论家杰拉德·马丁认为这著名的开篇“堪称自三百五十年前《堂·吉诃德》出版以来西班牙文学中最伟大的开篇”，不过，当他作出这番评估时，他所引用的却是拉巴萨的英译，因而就忽视了拉巴萨作为“英译者”给这个“伟大的开篇”在英文中的伟大性悄悄增添的贡献——甚至可以说，当 *Cien años de soledad* 被译成 *One Hundred Years of Solitude* 的那一刻，它就转化成了英语文学的组成部分，不再属于西班牙语文学，这就像 *Cien años de soledad* 译成《百年孤独》之时它就成了中文文学。

这里谈的不是翻译准确性问题。当我关闭自己的“外国文学研究者”这重身份，而以一个曾经创作过或将来还可能去创作的中文写作者的身份面对外国文学的中译本时，我的问题始终是：这些中译本对于中文的表现力有何贡献，而我能够从其中学会多少“手艺”——此时，对我而言，《百年孤独》就比西班牙语原文的 *Cien años de soledad* 更有意义，甚至，因为我不懂西班牙文，后者对我来说完全可以不存在。

对比拉巴萨的英译和范晔的中译，会发现被清末民初致力于废除汉语而改用西式拼音文字的“文字革命”那一代人指控为“表现力不足”的汉语显得更为灵动，而英文却因为不得不符合其繁复的语法和句法而略显累赘。实际上，当中国的“文字革命者”断言汉语缺乏表现力时，同时代的西方现代文学家们——尤其是“意象派”诗人们——却在英译的“中国古诗”中发现了足以给英文带来新的生命力的惊人的表现力。

文字手艺人

多年前，在一次与郭宏安同行前往南方的漫长旅行中，当绿皮火车在阳光和夜色的交替中穿行在从华北平原到三湘大地的一千五百多公里长的铁路线上时，他不时读着一本随身携带的被他早已翻得有些卷边的先秦散文集——不是连贯地读，而是琢磨其句子——而我知道，他那时正在翻译加缪的小说集。那么，死于1960年的一场车祸中的法国作家加缪与两千多年前的中国散文家们有何关系？对郭宏安来说，那或许是一种“语言气质”的关系。他从先秦散文的简约节制风格中发现了萨特在《〈局外人〉的阐释》中所说的加缪句子的“高妙的贫瘠性”的策略。谈到加缪的句子，自己在行文中总抑制不住滔滔不绝的萨特半带嫉妒地批评道：

> 我们这位作者从海明威那里借用的，是后者的句子的不连贯性，而这种不连贯性是模仿时间的不连贯性。现在我们好理解加缪先生的叙述特色了：每句话都是一个现

> 时。不过这不是那种不确定的、有扩散性的、多少延伸到后面那个现时上去的现时。句子干净利落，没有瑕疵，自我封闭；它与下一句之间隔着一片虚无，犹如笛卡尔的瞬间与随后来临的瞬间彼此隔开。在每句话和下一句话之间世界死过去又复苏：句子一旦写出来，便是无中生有的创造物；《局外人》的一句话好比一座岛屿。我们从句子到句子，从虚无到虚无跳跃前进。加缪先生正是为了强调每一个单句的孤立性才选用复合过去式来叙述。

加缪的法文原文 *L'Étranger*（《局外人》）的开篇便是几个彰显"高妙的贫瘠性"并像一个个孤岛一样排列的短句：Aujourd'hui, Maman est morte. Ou peut-être hier, je ne sais pas. J'ai reçu un télégramme de l'asile：« Mère décédée. Enterrement demain. Sentiments distingués. » Cela ne veut rien dire. C'était peut-être hier. 汉语中当然不存在"复合过去式"，郭宏安翻译如下：

> 今天，妈妈死了。也许是昨天，我不知道。我收到养老院的一封电报，说："母死。明日葬。专此通知。"这说明不了什么。可能是昨天死的。

其实，《局外人》并没有将这种"无动于衷"贯彻到底，在小说快结束的地方，突然出现一段抒情风格的文字：

Lui parti, j'ai retrouvé le calme. J'étais épuisé et je me suis jeté sur ma couchette. Je crois que j'ai dormi parce que je me suis réveillé avec des étoiles sur le visage. Des bruits de compagne montaient jusqu'*à* moi. Des odeurs de nuit, de terre et de sel rafraîchissaient mes tempes. La merveilleuse paix de cet été endormi entrait en moi comme une marée. A ce moment, et *à* la limite de la nuit, des sirènes ont hurlé. Elles annonçaient des départs pour unmonde qui maintenant m'était *à* jamais indifférent.

郭宏安此时又体现出一个"文字手艺人"对抒情风格的高超把握,他增加一些词,减少一些词,改变一些小结构,使中文之美与法文之美并驾齐驱,乃至比法文原文更有质感——毕竟,作为一种"曲折语",法语中有太多只具有语法功能的词:

他走了之后,我平静下来。我累极了,一下子扑到床上,我认为我是睡着了,因为我醒来的时候,发现满天星斗照在我的脸上。田野上的声音一直传到我的耳畔。夜的气味,土地的气味,海盐的气味,使我的两鬓感到清凉。这沉睡的夏夜的奇妙安静,像潮水一样浸透我的全身。这时,长夜将尽,汽笛叫了起来。它宣告有些人踏上旅途,要去一个从此和我无关痛痒的世界。

我的书房的三面墙被中文书和外文书层层叠叠地堆满，而郭宏安的《局外人》一直搁在我从写字台就能随手够得着的那几层“核心书架”的中间。多年前，第一次读过《局外人》后，我向郭宏安提起“我喜欢Camus（加缪）”，我看到的只是他的莫测高深而宽容的无声微笑。我立即明白了，我喜欢的并非Camus，直到那时，我根本就没读过Camus或者*L'Étranger*，而且即便后来读过，这个Camus也没有对我的中文文学创作产生过任何影响。我喜欢的实际是“加缪”，这个中文的加缪才影响了我对中文的感觉。对一个中文创作者来说，这就够了。当我玩味郭宏安的《局外人》时，我是在玩味最为完美无缺的现代中文。

搁在“核心书架”那里的二十多册精挑细选的中国古典之作和外国文学译本既是我的秘密“中文神龛”，也是我“练习句子”的“作坊”，以至每当我准备写一点什么而感到句子散乱无光的时候，就会顺手从那里抽出一本，略略读上几页，以便自己进入一种文体情境。我从这些已读过无数遍的书中寻找的不是内容，而是玩味作为“文字手艺人”的那些作者或译者处理中文句子的方式。它们的完美无缺让我意识到中文巨大的潜在可能性。我梦想自己能写出一些“像样的句子”，像那些翻译家—文体家的句子那么完美、干净、有质感，而且，无论句子多长，句子与句子之间的结构或者关系如何复杂，其语法和逻辑却始终一丝不乱。文学创作，首先是一门“文字手艺”。当你从一个作家的一堆作品中随便撕下一页，而这随机抽取的一页依然经得起严格的句法和逻辑分析并且每一个细节都体现出一以贯之的文体意识时，他才称得上一个“伟大的手艺人”或者说“作家中的作家”。

不过，这仅仅事关句子么？句子的构成事关思维的构成，事关你观察世界及其关系的独特角度。一个作家之所以写不好句子，是因为他的思维不够清晰，还没有学会如何从他自己的角度观察世界以及世界万物之间无形的关系。对一个以文为业的人来说，没有比“写好句子”更重要也更基本的事了。当一个“好的句子”从你笔下流露出来，人们对世界的感知方式就被更新了。

将“另外一种语言系统”带入母语

那几格书架里几乎没有中国当代作家的作品。他们很少是那种“高超的文字手艺人”，从他们写得太多的作品中很难发现一页乃至哪怕一段让你感到震撼并足以改变你的时空感知方式的文字。德国汉学家顾彬可能不怎么讨中国当代作家喜欢，尽管他或许没说过“当代中国文学全是垃圾”一类的话，但他无意像那些过于慷慨分配文学荣誉的中国书评家和评论家那样去奉承他们，反倒屡屡指控他们“大多中文非常不好”——对一个使用中文进行创作的作家来说，这无疑是最大的贬低——并劝他们“先应该好好掌握自己的母语”。难听归难听，但这几乎是一种事实描述，尽管从一个外国人那里听到这些会激起一种浅薄的民族主义义愤。

不过，当顾彬进一步将“中国作家的问题”归咎于“不懂外语”以至“根本没办法看外文版的作品”而“只能看翻译成中文以后的外国作品”时，他可能怪错了地方。随手可举的一个反证是，那些彪炳中国古代文学史的中国古代文学家们几乎没有一人懂哪怕一门外语，甚至连翻译作品也未曾见识过，但他们依然写出了让顾彬长久陶醉其间并作为批判中国当代作家的依据的辉煌篇章，将中国古代文明推到了四邻景仰乃至蜚声四海的高度。那么，问题出在哪里？出在中国当代作家过于缺乏语言训练，满足于将一个故事好歹写出来，而不是反复推敲怎么写——推敲每个句子、字眼及其节奏、轻重、色泽、声音等。他的故事写完了，他作为一个作家的生命也就立即枯萎了。

“语言决定一切。”顾彬提出他的理论，然后解释道：

> 应该指出，不重视语言而重视内容是中国当代文学和外国当代文学的通病。这种病态在中国当代文学中显得更厉害。所以如果一个人敢于写出别人没写过的东西，他会引起读者的兴趣，但是我个人认为，真正的文学不是完全由内容来决定的，而是由语言来决定的，因为语言包括内容，而内容不包括语言。
>
> 到目前为止，多数当代中国作家像不少德国当代作家一样，不知道语言是什么，连自己的母语都不能掌握。一个作家应该掌握语言，就像一个足球运动员应该掌握足球一样。如果足球运动员不能掌握足球，他真的能算好的足球运动员吗？

然而，不同于那些使用“文言”这种规范而且此前无数代文人为之增光添彩的书面语的中国古代作家，中国当代作家是在“白话”的汪洋大海中写作，而“白话”（或者说“现代白话”“现代汉语”）自清末民初被从一种北方“地方俗语”提升到“国语”的地位以后还没有经过多少年的磨砺就匆匆关闭了清末民初之时的种种可能的语言实验，第一代“文学革命者”的语言幼稚的作品——不得不说，这些“文学革命者”除了个别例外，大多是一些文学感觉迟钝的人——被他们自己及其弟子作为“语文教科书”来训练全国童稚，而按照“文学革命”的反对者林纾的说法，那无非是“都下引车卖浆之徒所操之语”，“若尽废古书，行用土语为文字”，“则凡京津之稗贩，均可用为教授矣”。

林纾这番“不合时宜”的言论被“文学革命家”们指控为“反民主”“反进化”的铁证，似乎民主制度下不再存在日常语言与文学语言之间的分化与等级，而“语言的进化”在他们看来则体现为“言文一致”，即胡适的“有什么话，说什么话；话怎么说，就怎么说”。为此，到 20 世纪 20 年代中期，包括刘半农、鲁迅、周作人、胡适在内的一帮北大教授甚至把一部几乎已湮没不闻的清代乾嘉年间的吴语白话小说《何典》抬举到“文学史的高度”，又是校注，又是作序，又是作文推广，而这一切的起因仅仅是吴稚晖依稀记得曾在哪本书里读到过一句“放屁放屁，真正岂有此理”，其鄙俗放浪的风格令这一帮“文学革命派”心驰神往，以至一直搜求此书的刘半农最终在旧书摊上发现“放屁放屁”原来出自《何典》。按吴稚晖后来的说法，“我只读他开头两句……从此便打破了要做阳湖派古文家的迷梦，说话自由自在得多。不曾屈我做那野蛮文学家，乃我生平之幸。他那开头两句，便是‘放屁放屁，真正岂有此理’。用这种精神，才能得言论的真自由，享言论的真幸福”。

原来源源不断见之于“新文化派”笔下的“骂人话”（诸如“放屁”“他妈的”等）均出自“得言论的真自由，享言论的真幸福”的热切愿望，而且是其最为痛快淋漓的表达形式，不过，它造成的粗俗风格或者说对于这种风格的崇拜却深深渗透进了我们的文学话语和政治话语。对一百年前开始的“新文化运动”，史家们的溢美之词早已汗牛充栋，并早已形成了一种舆论声威，以致哪怕隐晦地谈到它对语言之美以及温文尔雅的君子之道产生的深远危害都可能会被立即视为一种“政治错误”。既然“白话”文学写作无非是把“日常语言”变为“纸上之字”，那就不必经历漫长的文字学徒阶段——写作突然变得容易了，而这种“容易”造成我们当今众多的文科教授和作家写出大量不通的句子。

或许“文学革命”一开始就将自身置于了一个错误的理论基础上。当它的头号理论家胡适冒失地将“文言”与“白话”之间的关系等同于欧洲文艺复兴之时“拉丁文”与“俗语”之间的关系时，他就错把同一种语言（汉语）的不同语用（文言与白话）之间的关系等同于两种不同的语言（作为外语的拉丁语与作为本民族语的“俗语”）之间的关系，因而，他就不仅不可能把文艺复兴到宗教改革之时欧洲各国采用本民族语而排斥拉丁语，脱离罗马天主教而另立国教的行为阐释为各国的民族国家的创建过程，也不可能认识到所谓“民族语”或者说“俗语”正如拉丁语一样存在作为书面语的“文言”与作为口头语的“白话”(胡适仅知道存在一种书面拉丁语,不知同时存在一种“俗拉丁语”)。任何一种语言的精致成熟的形态都最终表现为“文言”或者说不同于口头语的“书面语”,而那些最终抛弃拉丁语的文艺复兴时期和宗教改革时期的文学家孜孜以求的恰恰是本民族语的“文言化”或者说“拉丁化”,以使之能够达到与书面拉丁语之美分庭抗礼的程度。胡适屡引但丁作为自己的“俗语文学”主张的西方证据,却不知但丁用拉丁文写成的理论著作《论俗语》恰恰反对“引车卖浆之徒”的俚俗之语,而热切期盼一种“光辉的、中枢的、宫廷的、法庭的俗语”。如果但丁及其志趣相投的意大利人文主义者以意大利“都下引车卖浆之徒”的“白话”写作,他们是不可能创造一种“光辉的、中枢的、宫廷的、法庭的”意大利语文的。与当时的英语和德语一样,作为“俗语”的意大利语依然处在“白话”状态,不仅充斥着俚词俗语,也缺乏严格的语法以及紧密的结构。

顾彬将中国当代作家的主要问题归咎于不懂哪怕一门外语,说“1949 年以前中国不少作家认为,我们学外语会丰富自己的写作。但是,你问一个现在的中国作家为什么不学外语,他会说,外语只能够破坏我的母语”“不懂外语使中国作家不能够从另外一种语言系统看自己的作品”“谁会外语,谁就会从外面看自己的母语。因此,一个当代德国作家说过:谁不会外语,谁就不会(真正懂得)他的母语”。顾彬的这些批评触及了一个关键问题,但同时,他忽视了一个“中介”。毕竟,作为两套迥然不同的语言系统，一门“外语”并不能直接对中文写作发生影响，而必须在这门外语被“译入”中文之后。关键不在于中国当代作家懂不懂哪怕一门外语，实际上，就我接触的当代作家而言，懂一门外语的就不乏其人，而他们并未显示出他们所掌握的外语对他们的中文写作的触动：这就像两个水龙头，当他拧开“外语”这个水龙头，他的“中文”水龙头就关闭了。

使得意大利的但丁、彼得拉克，英格兰的乔叟这些人文主义者以及英格兰的威克利夫、德意志的马丁·路德这些宗教改革者成为本民族书面语的提升者并使其与古拉丁文之美并驾齐驱的不是他们懂古拉丁文，而是他们的翻译行为：他们通过源源不断地将作为书面语的规范的拉丁文经典翻译成本民族语，日夕与句子纠缠，而从词法和语法上改造了此前尚处在“白话”或者说“俗语”状态的本民族语。将意大利语、英语、德语说成“翻译的语言”并不为过。换言之，这些民族语（俗语）是通过这些语言天才的翻译作品的规训才渐渐臻于完美，为后继的不懂外语而以这些经过改良的本民族书面语进行写作的文学家们——例如英格兰的莎士比亚，按精通拉丁语和希腊语的他的朋友本·琼生的说法，“他拉丁文不识几个，希腊文更是一窍不通”——奠定了语文基础。

只有“翻译”才能将“另外一种语言系统”带入母语——实际上，这“另外一种语言系统”早已内在于母语的可能性，而“翻译”将它从一种可能性转化为现实性。“译作”永远是母语的可能性和创造性的荟萃之地，正如经历过无数代文人的磨砺而熠熠生辉的母语自身的“文言”。假若说以“文言”写作的古代文人们要经过漫长的语言训练，而且终其一生要与句子纠缠不休，那么，当今，如在中国，由于“白话”无须训练，我们的文学创作家们往往“自动写作”，而真正的旷日持久的语言训练以及对字句的磨炼可能只群体地见于日夕在两种语言之间进行训练的我们的文学翻译家们：他们翻译时，必须逐个逐个、逐层逐层地琢磨外语原文的句子、结构和风格，然后将它们“转换”为自己的母语，而这个“转换”过程是对每个母语词句及其结构的分析与取舍。当今之世，除了文学翻译家们，或许没有其他任何人——包括我们的文学创作家们——对自己的母语进行着这样一种一直触及其文字音形义和句子结构及其风格的艰苦的旷日持久的探索，也没有什么批评像“翻译批评”那样一词一句地挑错。翻译家为母语增添着新的可能性，并规范着母语，这就使得他们成为了真正的文体家，而我们的作家们虽然不断模仿着优秀的译本，他们自己并没有像翻译家那样去探求语言，去磨砺自己的母语。不过，奇怪的是，众多翻译家只在他们的译文中才显示出这种高度的语言才华，一旦他们自己写作，其语言才华或者说“文字手艺”就立即逊色不少——因为此时，他们不再像翻译他人作品时那样去“创造性地”琢磨自己笔下的每个词、每句话、句子关系以及风格，他们此时大多已沦入“日常语言”的无形之流了。

前面引述顾彬的话，说有些作家担心“外语只能够破坏我的母语”。这些作家的本意大概是想说“译本只能够破坏我的母语”，因为任何一种外语——作为一种完全不同的语言系统——是破坏不了“我的母语”的。能够破坏母语的是“坏的译本”，它给母语带来了混乱，也就给思维带来了混乱。但“好的译本”却通过对母语的可能性的探求而赋予母语一种新的生命力和想象力——它通过母语的“陌生化”使我们突然关注我们的母语丰富无比的质感和表现力，从而更新我们的意识，尤其是当我们的“日常语言”在日复一日的单调乏味的重复中渐渐失去质感和表现力并使我们的意识处在一种睡眠状态的时候。一个创造性的写作者一定会在“理想的母语”中写作，他的每一次语言创造都是向“理想的母语”的尚未实现的尽善尽美的可能性靠近一点。写好一个句子，是一切创造性写作的开始，而检验一个作家是否优秀，最基本也最苛刻的是要看他是否写出过一些好的句子，其中一句乃至数句能让你终生难忘，犹如在宁静的午后的慵懒中从某个远处依稀传来的乐句让你突然看见自己的一生，并莫名其妙地潸然泪下。

后　记

本集子只收集了近年发表的四篇文章。第一篇有关菲茨杰拉德《了不起的盖茨比》中的叙事人尼克·卡罗威。无疑这个角色往往只是作为主人公盖茨比的陪衬而在研究中一笔带过,但整个故事是由他建构起来的,研究他就等于绕到摄影机后面并通过摄影机镜头观看角色的表演以及场景的布置;此外,如果对那个时代的宗教话语有所了解,就会发现《了不起的盖茨比》的某些场景渗透了宗教隐喻,让这个看起来非常世俗的作品显示出影影绰绰的更多的层面,尽管直到最后一刻,我也无法判定盖茨比在夜里久久凝望的海湾对面黛西家码头的那盏绿灯,到底象征与美国梦挂钩的美元纸钞的颜色,还是暗示"犹太人问题"。

中间两篇文章均有关英国维多利亚时期的女作家夏洛蒂·勃朗特,探讨其人其书涉及的两个容易被研究者忽视的问题:一是城市与乡村,或者说贫穷的乡村为何以及如何被建构为"风景",穷乡僻壤的哈沃斯村(夏洛蒂的家乡)经由夏洛蒂的文学化或者说浪漫化而成为一个让成千上万的“文学朝圣者”络绎不绝地前往的“文学圣地”，但夏洛蒂的好友盖斯凯尔夫人观察同一片乡村，却拒绝“将贫穷诗化”，而着意于贫穷的政治经济学问题；一是鸦片问题，探讨夏洛蒂·勃朗特家本来讳莫如深的鸦片（因为她的弟弟勃兰威尔即为瘾君子，年纪轻轻便撒手人寰）为何在夏洛蒂的《维莱特》中却给女主人公露西·斯诺（夏洛蒂赋予这个角色太多的自传色彩）带来了“美轮美奂”的幻觉，这种违背自己的切身观察的想象承袭了“湖畔派”文人以来种种有关鸦片的神话，将一个医学问题以及道德问题转换成了一个美学问题，从而为英国对华鸦片贸易以及对华鸦片战争提供了合法性支持。

最后一篇有关翻译与现代汉语的“雅化”和“复杂化”之间的关系。毕竟，作为明清时期的北方地方语的“白话”确立为“现代汉语”的时间过于短促，或者说它本来短促的文学实验期因它的地位的快速确立而过早关闭。假若说一场轻易取胜的革命总会留下大量的未完成的计划，那么，“现代汉语”在众多汉语写作者心中依然还不是一种“完美的母语”，它的无与伦比的潜在的表现力还需要进一步的大量的文学实验才能成为现实，而在这种永无休止的语言实验中，优秀外国文学作品的汉语译者一直起着重要作用，正是他们通过大量的翻译实践将一种在词法和句法上本来处于“俚俗之语”状态的地方方言大加改造，逐渐将它变得复杂、精确、精致，不仅适用于现代，而且成为国家认同的载体。

曾有人问：如何阅读一部外国文学作品？各有各的看法或者经验。鄙意以为，大致说来，阅读外国文学作品分为“文学阅读”和“专业阅读”。当一个人从外国文学的业余爱好者转变成专业研究者时，理论上说，他就从“文学阅读”时期进入了“专业阅读”时期。此前的“文学阅读”时期可能带给了他丰富的文学经验，但这种丰富的文学经验既可能有利于后来的“专业研究”，也可能因事先建构了一种“顽强的印象”而妨碍了自己的“专业研究”。

“文学阅读”其实是将自己投射到一个孤独的文学文本中，此时，你要做的是选择最好的译本（哪怕你熟悉其外文原文），即便你将自己完全封闭在这个孤独的文学文本之内并以自己的感觉重建整个故事也没有多大关系，毕竟，那是一种高度主观的“自由阅读”，你可以经由这种阅读磨砺自己的母语敏感性以及文学感觉。当然，如果你能花时间对比各个译本之间的差异，琢磨各位译者不同的中文处理方式，那你的“句子的手艺”将会显著增长（尽管我依然怀疑是否存在一种天生的“语感”，它使一些人比另外一些人在句子上更为敏感）。由于这种“文学阅读”不涉及对这部原作的真正研究，你就不必将自己写下的类似“感悟”的东西称作“论文”。

“专业阅读”则不同，你必须在特定的历史语境中阅读这个外文原文的文学文本，并且由于这个特定的历史语境充满了各种或隐或显的社会关系，你的阅读从一开始就是延伸性或者说扩散性的，譬如说为了写一篇有关《哈姆雷特》的论文，你可能就得起码阅读一两百本相关的史料以及研究资料，并留意你的国内外同行的研究进展。换言之，“专业阅读”意味着你必须在“历史进程的全部复杂关系”之中去阅读这部作品。与“文学阅读”通常产生崇拜不同，“专业阅读”因为基于文学文本的“发生学”或者说“历史社会学”而必定是祛魅的，是与作者或者人物的视角相疏离的，绝不会停留于作者的“专断的视角”及其给出的有限的信息——若你停留于此，那你就停留于“文学阅读”了。